Quest
appart

....

....

incolla qui
la tua foto

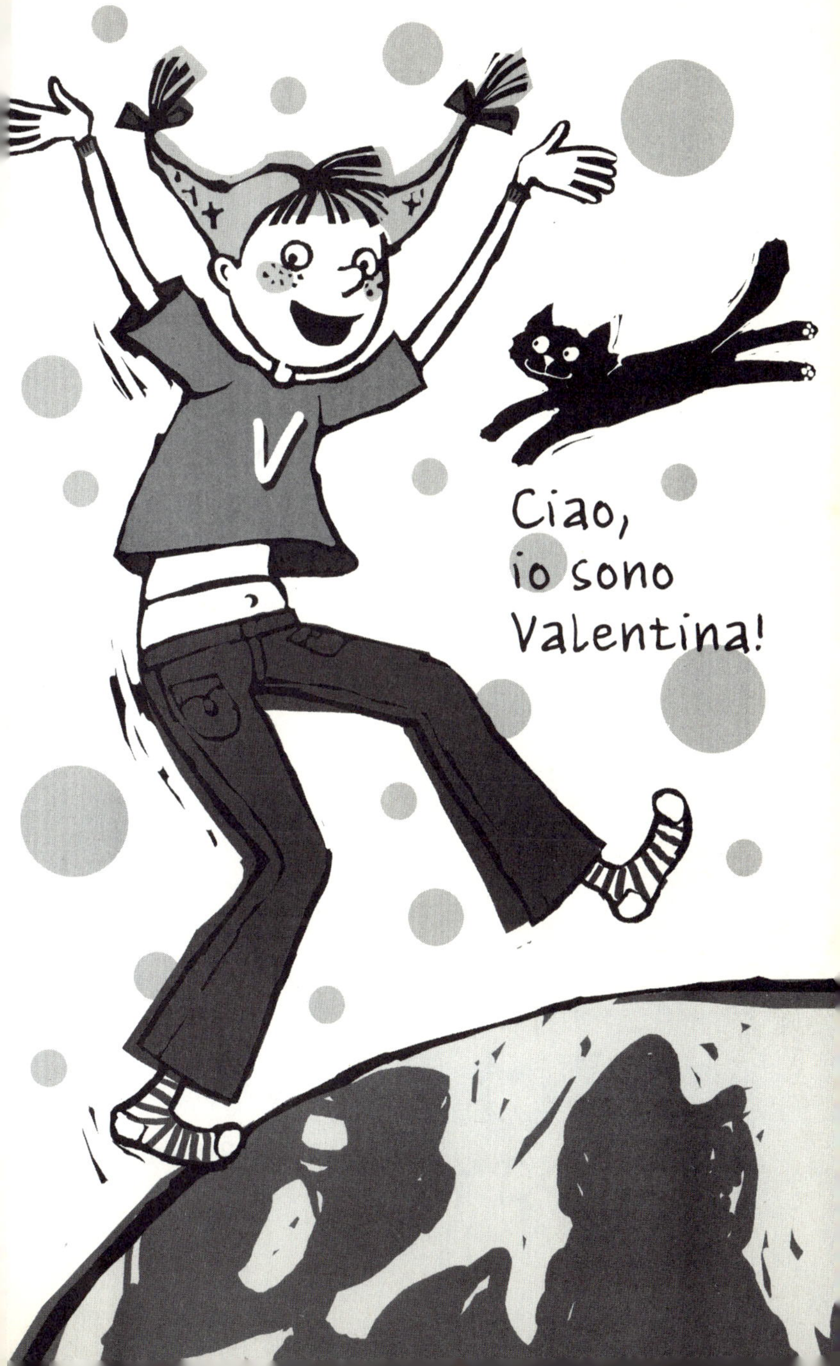
Ciao,
io sono
Valentina!

Benvenuti nel mondo di Valentina!

Ciao, io sono Valentina! Ho dieci anni e frequento la quinta elementare. Molti di voi mi conoscono già... ma quello che ancora non sapete, lo scoprirete in questi libri che narrano le mie avventure. Vi racconterò la mia vita di tutti i giorni e vi farò conoscere la mia famiglia, la mia classe, i miei amici e

Valentina

Mamma

Papà

il mio maestro. Le mie avventure spesso sono curiose e sorprendenti. Ma a me una vita monotona e sempre uguale non è mai piaciuta. E credo che non piaccia neanche a voi, no? Se è così, siamo in buona compagnia. Buona lettura, amici e amiche!

Luca

Tazio

Alice

Ottilia

Maestro

Angelo Petrosino

La cugina
di Valentina

Illustrazioni di Sara Not

PIEMME
Junior

I Edizione 2001

© 2001 - EDIZIONI PIEMME Spa
15033 Casale Monferrato (AL) - Via del Carmine, 5
Tel. 0142/3361 - Telefax 0142/74223
http://www.edizpiemme.it

È assolutamente vietata la riproduzione totale o parziale di questo libro, così come l'inserimento in circuiti informatici, la trasmissione sotto qualsiasi forma e con qualunque mezzo elettronico, meccanico, attraverso fotocopie, registrazione o altri metodi, senza il permesso scritto dei titolari del copyright.

Stampa: G. Canale & C. SpA - Borgaro Torinese (TO)

*Ai miei alunni di ieri e di oggi,
dal "maestro che racconta storie"*

UN BOTTO
E UN GRIDO

Ogni tanto mi capita di leggere sul giornale notizie di incidenti che avvengono in casa. Sembra proprio che siano parecchi. Scariche elettriche, incendi, esplosioni di gas e così via.

A casa nostra, finora, non era mai successo niente di grave. Io non mi sono mai scottata col ferro da stiro, e Luca non ha mai bevuto detersivo per i piatti. Ma la vita è imprevedibile e non sai mai cosa ti aspetta dietro l'angolo.

– Non toccare mai la pentola a pressione – ha ripetuto la mamma a Luca negli ultimi giorni.

Mio padre l'ha comprata perché rende la cottura più veloce, ma mia madre non l'ha mai guardata con simpatia.

– È pericolosa – ha continuato a dire fino a stamattina. E: – Stai lontano, Luca.

Ma Luca ci gioca parecchio. A lui piace molto avvitare e svitare, montare e smontare qualsiasi cosa si trovi fra le mani.

– Voglio fare il meccanico – mi dice.

– Vedremo – gli dico io. – Comunque la mamma ha ragione. La pentola a pressione non è un giocattolo. Ne ho sentite delle belle al riguardo.

E stamattina ho dovuto sentire e vedere anche quello che è successo a mia madre.

– Ecco fatto – mi ha detto dopo aver fissato il coperchio. – In pochi minuti sarà tutto pronto. Mangiamo e andiamo a trovare i nonni. Dopotutto l'idea di tuo padre non è stata cattiva. Con la pentola a pressione si risparmia tempo.

– Do una pulita al bagno, mamma.

– Grazie, Valentina.

Avevo appena messo della candeggina nel water, quando ho sentito un botto e un grido.

Sono uscita di corsa dal bagno, e quando mi sono affacciata in cucina, ho visto mia madre stesa per terra, con un livido sulla fronte, priva di sensi. Sembrava morta, e il coperchio della pentola a pressione giaceva accanto a lei, un po' deformato sul bordo.

– Mamma! – ho gridato.

Mi sono inginocchiata accanto a lei, le ho sollevato la testa, e ho cercato di ricacciare indietro le lacrime. Mia madre respirava, aveva la bocca semichiusa e le palpebre le tremavano.

– Mamma! – ho ripetuto.

In quel momento qualcuno ha bussato alla porta. Ho posato delicatamente per terra la testa di mia madre, e sono corsa ad aprire, sperando che fosse mio padre.

Invece era Luca, che tornava dal cortile sporco e sudato.

– Devo parlare con la mamma – ha detto.

– Luca, la mamma è svenuta. Stai vicino a lei. Io chiamo il pronto soccorso.

Ma quando l'ho accompagnato in cucina, mia madre aveva riaperto gli occhi e si era messa seduta.

– Cosa è successo? Dove... dove sono...

– *Mamma!* – *ho gridato.*

– Il coperchio della pentola a pressione ti ha colpito sulla fronte – le ho risposto. – Forse non l'avevi fissato bene.

– Quale coperchio? Di che pentola a pressione stai parlando? E tu... chi sei?

– Mamma, devi essere ancora stordita. Vieni, ti accompagno in camera tua. Così ti distendi un po' sul letto.

Mentre Luca guardava la mamma con aria interrogativa, io l'ho aiutata ad alzarsi. E, sostenendola con un braccio, l'ho accompagnata nella sua camera.

– Ecco, stenditi e chiudi gli occhi. Hai un bel bernoccolo sulla fronte. Vado a prenderti del ghiaccio.

– Grazie. Ma dove sono?

– Mamma, sei a casa tua. Su, distenditi... così... e chiudi gli occhi. Abbasso le tapparelle. E non importa se oggi mangiamo più tardi. Vuol dire che dai nonni andremo domani.

– Nonni? Quali nonni?

– Mamma, non parlare. Vedrai che col ghiaccio il bernoccolo si sgonfia. Sei stata fortunata. Sapessi che paura mi sono presa quando ho sentito il botto e il grido e quando ti ho vista per terra come morta.

– Mi fa male la testa.

– Ci credo. Forse sarà meglio che andiamo all'ospedale. Ma se non torna papà, come facciamo? Dov'è andato?

– Chi?

– Papà.

– Io ho un papà?

– Mamma, sto parlando di mio padre, di tuo marito. Senti, adesso telefono al pronto soccorso. Mi sembri strana.

– Ho voglia di dormire.

– Luca, vieni qui! – ho gridato a mio fratello. – Si può sapere dove ti sei cacciato?

Luca è arrivato a testa bassa e ha mormorato: – È colpa mia.

– Di cosa parli? – gli ho chiesto.

– È colpa mia... è colpa mia.

– Be', mi spiegherai più tardi. Adesso stai con la mamma. Io vado a prendere il ghiaccio.

CHI SEI?
CHI SIETE?

Quando sono tornata da mia madre, Luca stava piangendo in silenzio.

– Dai, smettila – gli ho detto. – La mamma sta già meglio. E il ghiaccio farà il resto. Ma se papà non torna tra pochi minuti, chiamo l'ospedale.

– La mamma dice che non mi conosce – ha balbettato Luca. – Dice che non mi ha mai visto. E ha detto che devo lasciarla in pace.

– Ha preso una bella botta, Luca. Cerca di capire. E smettila di piagnucolare.

– Ha detto che lei non è mia madre.

– Che cosa dici?

– Ha detto proprio così.

– Avrai capito male.

– Allora chiediglielo tu.

Luca sembrava davvero spaventato, e ho smesso di rimproverarlo. Poi mi sono avvicinata a mia madre e le ho detto: – Ecco il ghiaccio. Posa la testa di lato, e tienilo sulla fronte.

Mia madre mi ha guardata con occhi vuoti e mi ha chiesto: – Chi sei?

A quel punto la paura di Luca si è impadronita anche di me. Ma ho cercato di conservare la calma. Sapevo che un colpo in testa può causare molti effetti. Ma non pensavo che potesse impedire di riconoscere le persone che hai intorno.

– Sono Valentina, mamma. Chi vuoi che sia? Sta' buona. Ti tengo io il ghiaccio.

Luca era fermo sulla soglia della camera e mi guardava con occhi sbarrati.

Allora gli ho chiesto: – Sei capace di fare un po' di pulizia in cucina?

Ma era come se gli avessi parlato in arabo. Non si muoveva.

– Ho capito. Dovrò farlo io. Vieni qui, e tieni ferma la borsa del ghiaccio.

– No, non te ne andare! Non lasciarmi solo con lei! – ha balbettato Luca.

– Di', si può sapere che cosa ti prende? Non avrai paura della mamma!

– Lei dice che non è mia mamma.

– Tra poco sarà tutto passato, e tornerà come prima.

Mia madre ha cominciato a smaniare e ha detto: – Porta via questo ghiaccio. Voglio alzarmi.

– Secondo me dovresti stare ancora un po' coricata, mamma.

– Perché continui a chiamarmi mamma? Io non ti conosco. Che ci faccio in questa camera?

Luca è indietreggiato come davanti a un fantasma, e io ho sentito un brivido corrermi lungo la schiena.

– Mamma, cosa dici? Io sono Valentina... Sono tua figlia... E lui è Luca... mio fratello.

– Io non vi conosco.... Non vi ho mai visti prima d'ora. Ditemi dove sono. Io dovrei essere a casa... O da qualche altra parte... Non lo so... Ho la testa vuota... Non ricordo nulla...

Mia madre si è alzata dal letto, si è presa la testa fra le mani e ha aggiunto: – Ho sete. Datemi qualcosa da bere.

– Vuoi... vuoi il solito succo di mele? – le ho chiesto.

– Non importa. Qualsiasi cosa va bene. Da che parte si va in cucina?

– Lo sai bene... Da questa parte.

E l'ho accompagnata in cucina, mentre Luca si faceva da parte come un automa.

– Che disastro! Cosa è successo? – mi ha chiesto mia madre mentre entrava traballante in cucina.

– Poco fa... Non ti ricordi? È scoppiata la pentola a pressione... E il coperchio ti ha colpita sulla fronte. E tu sei rimasta svenuta per un paio di minuti... Lo vedi il coperchio? È ancora per terra. È successo mentre io ero nel bagno. Ti ricordi che...?

– Io non ricordo niente, niente, niente! E non so di cosa stai parlando... È tutto così confuso.

– Siediti, ti do da bere.

Mia madre si è seduta e si è passata una mano sugli occhi. Quando Luca ha sbirciato in cucina, mia madre se n'è accorta e gli ha chiesto: – E tu chi sei? Perché mi guardi così?

– Mamma, lui è Luca.

– Non conosco nessun Luca.

– Credo... credo che sia meglio chiamare l'ospedale. O forse il nostro medico di famiglia. Il dottor Lotti, sai, no? Oh, mio Dio, perché non arriva papà?

– Io non so perché mi trovo in questa casa.

– Ma è la tua casa, mamma! E questa è la nostra cucina. E io sono Valentina, e lui è Luca. E tra poco arriverà papà!

– Senti, per favore non gridare. Ho la testa che mi scoppia.

– Scusa, non volevo. Ma mi stai spaventando, mamma. Devi... devi aver perso la memoria o qualcosa del genere. Sai, in seguito alla botta. Ma vedrai che tra poco ti ritorna.

– Ho il vestito sporco di minestra.

– Vado a prendertene un altro. Vuoi quello a fiori o quello a quadratini azzurri?

– Non lo so. Uno qualsiasi va bene.

– Vieni a cambiarti nella tua camera.

Mia madre ha finito di bere il succo di mele e mi ha seguita come una bambina che entra per la prima volta in casa di sconosciuti.

Mentre l'aiutavo a indossare il vestito, mi ha chiesto: – Bisogna che mi dai l'indirizzo... per potertelo restituire.

– Ma questo vestito è tuo, mamma.

– Perché continui a chiamarmi mamma? Ti dico che io non ti conosco. Forse è meglio che vada.

– Andare? Ma cosa dici, mamma? E dove vorresti andare?

– Questo purtroppo non lo so. Qualcuno deve dirmi chi sono e dove abito.

– Oh, mamma, per favore! Tu abiti qui. Questa è casa tua. Vieni, ti faccio vedere... ti faccio vedere le piante che sono sul balcone. Ti ricordi che ieri abbiamo piantato il basilico?

– No, non mi ricordo.

– Ecco, è questo qui. Ci tenevi tanto ad averne una pianta fresca in casa... E poi guarda, questi sono i gerani che stavano per seccare e li abbiamo ripresi in tempo.

– Senti... Come hai detto che ti chiami?

– Valentina... Valentina.

– Valentina, come posso fartelo capire? Io non ti conosco. Io non so chi sei. Dici di essere mia figlia. Ma io non so nemmeno chi sono io. E queste piante... questi fiori non mi dicono niente.

– Chiamo il nostro medico. Saprà lui come consigliarci.

È COLPA MIA, È COLPA MIA!

Per fortuna in quel momento è rientrato mio padre.

– Papà, è successa una cosa terribile – gli

ho detto prima ancora che mettesse piede in casa.

E con poche parole gli ho raccontato cos'era accaduto nell'ultima mezz'ora.

Mio padre non ha fiatato, ha chiuso la porta e si è avvicinato a mia madre, che era seduta in poltrona e lo guardava con espressione intimidita. E quando mio padre ha cercato di farle una carezza, ha tirato indietro la testa e ha detto: – Mi scusi, ma io non la conosco.

– Maria, stai scherzando?

– Secondo lei, è così che mi chiamo?

– Ti chiami così da quando ti ho conosciuta e anche da prima.

– Le ripeto: io non la conosco.

Mio padre si è grattato la nuca e ha detto: – Chiamiamo il dottor Lotti.

Il dottor Lotti è arrivato quasi subito, e con la sua voce allegra ha detto: – E adesso raccontatemi tutto dall'inizio.

Io ho cercato di essere il più precisa

possibile, e quando ho finito di parlare, il medico ha dondolato la testa e ha detto, rivolto a mia madre: – Mi lasci dare un'occhiata, signora.

– Lei chi è, scusi?

– Sono il medico di famiglia. Non mi riconosce?

– No. È la prima volta che la vedo.

– Be', questa poi... La prego, si stenda sul letto e voi, per favore, uscite e lasciatemi solo con lei.

Mio padre e io siamo usciti dalla camera, e finalmente sono scoppiata a piangere, rifugiandomi fra le braccia di papà.

– Calma, Valentina, calma. Vedrai che si risolve tutto.

– Ha continuato a chiedermi: chi sei, chi sei, chi sei? Capisci, papà?

A quel punto anche Luca si è messo a piangere.

Lui però, oltre a piangere, continuava a dire: – È colpa mia, è colpa mia.

– Ricominci? – gli ho chiesto asciugandomi le lacrime. – Si può sapere perché ripeti che è colpa tua?

– Sono io che ho giocato con il coperchio della pentola a pressione. Devo aver combinato un pasticcio, e il coperchio è saltato e ha colpito alla fronte la mamma.

– Ah, è così? Quante volte la mamma ti ha detto... Be', lasciamo perdere. Ne parleremo quando tutto sarà finito.

Il dottor Lotti è uscito dalla camera di mia madre e ha detto: – È proprio come temevo. Amnesia. Perdita temporanea della memoria. Non ha assolutamente idea di chi sia, di chi siate voi e di cosa le sia successo.

– Cosa si può fare, dottore? – gli ha chiesto mio padre.

– Dobbiamo aspettare che la situazione si risolva da sola. Per ora l'ho convinta a stare a letto e soprattutto a restare in questa casa, se non vuole finire in ospedale. L'idea di una corsia d'ospedale la spaventa, perciò credo che accetterà di restare con voi. Anche se vi considera dei perfetti sconosciuti.

– Pensa che cercherà di scappare?

– Non credo. Comunque sta a voi vigilare su di lei. Chiamatemi appena notate qualcosa di nuovo. Qui ci sono dei calmanti. Fategliene prendere uno la mattina e uno la sera.

– Mia mamma è contraria a prendere dei medicinali, lo sa.

– Questa volta li prenderà. Mi ha detto che vuole recuperare la memoria e non farà problemi. Arrivederci.

Il medico è andato via, e in casa nostra si è fatto un gran silenzio. Mia madre si era forse appisolata, e io, mio padre e Luca ci siamo guardati a lungo senza aprire bocca.

Infine mio padre ha detto: – Bisogna che mangiamo qualcosa. C'è della roba in frigo, vero?

– Roba fredda – gli ho risposto.

– Aiutatemi ad apparecchiare. Se volete, posso cucinare un po' di pasta.

– Andranno bene un po' di prosciutto e di insalata. Tu cosa vuoi mangiare, Luca?

Ma Luca non mi ha risposto. Si è seduto a tavola ed è rimasto immobile. Ogni tanto apriva bocca e ripeteva come una cantilena: – È colpa mia... è colpa mia.

UNA FAMIGLIA FELICE

Dopo pranzo, mia madre è uscita dalla camera e ha detto: – Mi dispiace di darvi tanto disturbo.

– Mamma, tu non...

– Ti prego di non chiamarmi mamma. Mi fa sentire molto a disagio.

– E come devo chiamarti?

– Lei come mi ha chiamato? – ha chiesto a mio padre.

– Maria.

– Ecco, chiamatemi Maria, anche se questo nome non mi dice nulla e vale quanto un altro. Ho un po' di fame. Potrei mangiare qualcosa?

– Ma certo. In frigo è rimasto un po' del pollo che hai cucinato ieri, ti ricordi?

– Purtroppo non ricordo niente.

– Il medico dice che si tratta di un'amnesia temporanea – ha detto mio padre.

– Lo spero. È una situazione molto imbarazzante. E vi ringrazio per la temporanea ospitalità che mi offrite. Cercherò di non disturbare troppo. Ma non posso andarmene in giro in queste condizioni. E l'ospedale mi fa orrore. Però, forse, bisognerebbe mettere un annuncio sul giornale. Qualcuno della mia famiglia…

– Siamo noi la tua famiglia, mamma!

Mia madre mi ha guardata con tenerezza. Poi ha scosso la testa.

– Io… io vorrei tanto crederti, Valentina. Ma per te non provo nulla dell'affetto che una madre ha per una figlia.

Luca ha cominciato a soffiare con il naso e mia madre gli ha chiesto: – Mi ripeti il tuo nome, per favore?

– Luca... Io mi chiamo Luca.

– E anche tu saresti mio figlio.

Luca è scoppiato a piangere, e mia madre gli ha detto: – Vieni, voglio abbracciarti.

A Luca non è sembrato vero sentirle dire quelle parole, ed è corso da lei. Mia madre lo ha fatto sedere sulle ginocchia e lo ha abbracciato. E mentre lo abbracciava, guardava noi come per dire: «Lo faccio per consolare il piccolo. Ma anche per lui non provo nulla, come per Valentina».

Poi Luca è tornato a sedersi al suo posto e mia madre ha cominciato a mangiare.

Mi sembrava di vivere un sogno. O meglio un incubo. Mia madre era vicina a me, ma era anche lontanissima. Mentre mangiava, ogni tanto alzava gli occhi dal piatto e diceva: – Vi prego di scusarmi.

Quando ha finito, ha detto: – Voglio lavarli io, i piatti. Dov'è il detersivo?

– Al solito posto, mamma... Maria.
– E cioè dove, scusa?
– Qui.

Ho preso il detersivo, e mentre lei lavava i piatti, i bicchieri e le posate, io li asciugavo. Volevo che si riproducesse la situazione che avevamo vissuto tante volte insieme. Chissà, forse ripetere gesti abituali l'avrebbe aiutata a ricordare più in fretta.

– Sei una bambina molto volenterosa, Valentina – mi ha detto.
– Con te lo sono sempre stata... Maria.
– Ti dispiace non chiamarmi mamma?
– Sì.
– Allora lascia perdere Maria. Chiamami pure mamma. In fondo, in questo momento, per me fa lo stesso. Non so se ho una figlia. Ma se l'avessi vorrei che ti somigliasse. Tu vuoi bene a tua madre, Valentina?
– Eccome se te ne... se gliene voglio... mamma.
– E quel signore?

– Quello è mio padre.

– Cioè mio marito?

– Sì.

– Oh, mio Dio, che situazione! Io quell'uomo non lo conosco.

– È un uomo buono, mamma. E anche lui ti vuole bene.

– Dovete essere una famiglia felice.

– Stiamo bene insieme. Noi… noi siamo abituati a contare l'uno sull'altro.

– È molto bello.

– E anche tu… Oh, mamma, non ricordi proprio niente?

– Non ricordo assolutamente nulla, Valentina.

– E zia Elsa? Non ti dice niente il nome di zia Elsa?

– No. Chi sarebbe?

– È tua sorella… È mia zia. È sposata con Paride e ogni tanto pranza da noi.

– Non ho mai conosciuto una Elsa in vita mia. Almeno credo.

– Mamma, sono certa che, dopo una notte di sonno e di riposo, domani ti sveglierai e questo incubo sarà finito.

– A proposito di notte, Valentina. Dove pensate di farmi dormire?

– Dormirai con papà, no?

– Valentina, ti ho detto che io non conosco quell'uomo, e non ho nessuna intenzione di dormire insieme a lui.

A quelle parole mi è venuto da ridere, e ho detto: – Scusa, mamma. Ma mi sembra tutto così assurdo. Hai sempre dormito in quel letto, e tu preferisci il posto vicino alla finestra. Quante volte sono venuta in quel letto quando ero piccola, a giocare con te e papà! Che peccato che non ti ricordi, mamma. Sono una cosa così bella i ricordi.

Mia madre si è asciugata le mani con il grembiule, mi ha fatto una carezza e mi ha detto: – Ho visto che nella tua camera ci sono due letti. Immagino che tuo fratello dorma con te.

– È così.

– Allora stanotte prenderò io il suo posto e lui dormirà con tuo padre. Che ne dici?

– Per me va bene.

Mio padre, invece, quando mia madre gli ha comunicato la sua decisione, è rimasto amareggiato e offeso. Ma poi ha detto: – Sta bene. E speriamo che la situazione si risolva presto.

TU CHE BAMBINA SEI, VALENTINA?

Quando mia madre ha indossato la camicia da notte, ha detto: – È bella e mi sta proprio bene.

– L'abbiamo comprata insieme lo scorso Natale.

E stavo per aggiungere: non ti ricordi?

Mia madre si è infilata a letto. Poi però si

è messa seduta e mi ha chiesto: – Vuoi che ti dia il bacio della buona notte?

A me è venuto un groppo in gola e ho fatto di sì con la testa.

Il bacio di mia madre è stato un bacio formale. Ma il contatto delle sue labbra con la mia guancia mi ha emozionata. Non avevo nessuna voglia di dormire. Perciò, dopo avere spento la luce sul comodino da notte, ho sperato che anche lei non si addormentasse subito.

La mamma deve aver intuito questo mio desiderio, perché mi ha detto: – Vorrei saperne di più su di te, Valentina. Vai a scuola, vero?

– Sì, faccio la quinta.

– E sei brava?

– Abbastanza.

– Hai un'amica del cuore?

– Sì, si chiama Ottilia.

– Ho visto che ci sono molti libri in questa camera. Ti piace leggere?

– Molto.

– E cos'altro fai di speciale, Valentina?

– Ogni tanto mi occupo di un bambino. Si chiama Sergio, abita al piano di sopra ed è il figlio di Ge....

– Di chi?

– Di Genoveffa – ho sospirato.

– Non sei un po' piccola per fare la baby-sitter?

– Lo faccio per modo di dire.

– E lo fai gratis?

– No. Genoveffa mi paga. I soldi che guadagno sono nel salvadanaio. Quello dal quale prendi dei soldi in prestito ogni tanto.

– Io prenderei i soldi in prestito da mia figlia?

– Solo qualche volta, e solo poche lire, mamma.

– Ma io non lavoro?

– No, tu fai la casalinga. Anche se non ti piace troppo e dici sempre che vorresti trovare un'occupazione per non dipendere da papà per ogni bazzecola che ti serve.

Mia madre è rimasta zitta per qualche

minuto, e io ero così stupita di parlare con lei della mia vita, come se lo stessi facendo con una sconosciuta.

Poi mia madre ha ripreso: – Che tipo di bambina sei, Valentina?

– Mah, non lo so nemmeno io. Sono curiosa, dico sempre quello che penso, ho voglia di fare mille cose e mi piace viaggiare.

– Hai mai viaggiato, finora?

– Eccome! Sono andata con Stefi in Cornovaglia...

– Chi è Stefi?

– Stefi è una tua carissima amica.

– E io ti avrei lasciata andare con lei in Cornovaglia?

– Proprio così. Ma non sono andata solo in Cornovaglia. Sono andata anche a Zurigo con la mia classe.

– A Zurigo?

– Sì, e ti ho portato un piccolo campanaccio. Non ti ricordi?... Scusa, ma mi viene così naturale chiedertelo.

– Va bene, va bene, non scusarti. Cos'altro ti piace fare, Valentina?

– Mi piace scrivere e raccontare storie. Però le storie mi piace anche ascoltarle. Per esempio dal maestro. Ma anche tu me ne raccontavi quand'ero piccola. E mi piacevano molto, perché sapevi raccontarle bene, mamma.

Mia madre ha scosso la testa e ha detto: – Mi piacerebbe raccontartene una stasera, Valentina. Ma la mia testa è vuota, ed è come se stessi imparando tutto daccapo. Come vorrei sentire dentro di me, nella mia testa, nel mio cuore, nelle mie viscere, che sei davvero mia figlia! Allora ti abbraccerei e ti terrei stretta a me tutta la notte.

Allora mi sono messa anch'io a sedere sul letto, e tremando le ho detto: – Ti prego, fallo, mamma!

Ho atteso lunghi, interminabili secondi prima che mia madre mi dicesse: – Vieni pure da me, Valentina.

E quando mi sono rifugiata tra le sue braccia, le ho mormorato: – Torna da noi, mamma.

«BUONGIORNO, SIGNORA.» «SIGNORA?»

Oggi non sono andata a scuola.
E anche Luca è rimasto a casa.

– Io non vado a lavorare – ha detto papà.

Verso le otto ho chiamato Ottilia.

– Dici sul serio? – mi ha chiesto.

– Vorrei che fosse tutto uno scherzo. Ma non lo è, purtroppo.

– Non ci posso credere. E non riconosce niente di niente?

– Non riconosce niente e nessuno.

– Magari dopo la scuola vengo da te. Forse vedendomi, scatta la scintilla.

– Non è scattata con noi… Comunque ti aspetto.

Più tardi mio padre è sceso a fare la spesa con Luca.

– Noi cosa facciamo, Valentina? – mi ha chiesto mia madre.

– Scendiamo anche noi – le ho proposto.
– Andiamo da zia Elsa, vuoi?

– Non conosco questa zia Elsa.

– Ma lei conosce te.

Appena entrati in casa, zia Elsa, che era stata preavvisata da me, ha esclamato: – Maria, come è possibile!?

– Buongiorno, signora – le ha detto mia madre.

– Signora? Ma cosa dici, Maria?

– Zia Elsa, ti prego...

– È che mi sembra tutto così assurdo, Valentina.

Mia madre ha sorriso e ha detto: – Sembra più assurdo a me, mi creda.

Zia Elsa ci ha fatte accomodare in salotto ed è andata a prendere tè e biscotti.

– Mi dica qualcosa di lei – le ha chiesto mia madre.

– Di me? – ha esclamato mia zia. – E cosa posso dirti, oltre al fatto che sono tua sorella, che mi chiamo Elsa e che mi sembra di stare recitando una commedia?

– Mi dispiace, mi creda. Se dice di essere mia sorella, mi ricordi qualche episodio che ci riguarda.

– Oh, ce ne sono tanti! Tre giorni fa siamo andate a comprare dei merletti nella merceria di Tina, non ti ricordi?

– No.

– E la settimana scorsa ti ho convinta a venire al cinema con me. Abbiamo visto quel film un po' scemo nel quale si parlava di lui e di lei che si incontrano dopo tanto tempo... No, non ti ricordi. Ah, ti ricordi che lunedì abbiamo comprato del merluzzo e poi lo abbiamo riportato dal venditore perché puzzava?

– Mi dispiace.

Zia Elsa mi ha guardata con occhi disperati e ha allargato le braccia dicendo: – Incredibile... incredibile.

Poi si è alzata e, rivolta a mia madre, le ha detto: – Adesso facciamo un gioco. In questa stanza c'è una cosa che mi hai regalato per il mio compleanno. Guardati intorno e prova a dirmi qual è.

Mia madre ha perlustrato con lo sguardo le pareti, gli armadi con le ante di vetro, il tavolo rotondo, le poltrone, il divano. Ha aggrottato la fronte, si è passata una mano sugli occhi e alla fine ha detto: – Per me, potrei averle regalato qualsiasi cosa.

Zia Elsa non si rassegnava e le ha detto: – Guarda su quella parete. Cosa c'è?

– Un quadro.

– Bene, quel quadro me l'hai regalato tu. Ti ricordi che mi è subito piaciuto perché io ho un debole per le albe sul mare?

– Ho l'impressione che anche a me piaccia il mare.

– Allora prova a ricordarti dove siamo state insieme due anni fa. La spiaggia... quel granchio che mi ha morso alla caviglia... il mal di pancia quando siamo uscite dal ristorante...

– Che mare era?

– Il mar Ligure.

– Purtroppo non ricordo di esserci mai stata.

– Fu a Santa... Santa... Santa Margherita Ligure!

– Niente da fare. Non ricordo nulla.

Zia Elsa si è accasciata sulla poltrona e ha ripetuto: – Incredibile... incredibile...

Poi, prendendomi da parte, mi ha chiesto: – Come la sta prendendo Luca? E tuo padre? E tu, Valentina?

– Zia, siamo disperati. Ma è già qualcosa che stia a casa e che non le venga voglia di rivolgersi ai carabinieri o alla polizia.

– Be', se lo facesse, la riporterebbero da voi, no? Cosa dice il medico?

– Dice che dobbiamo avere pazienza e aspettare.

– E se la faceste ricoverare in un centro specializzato?

– Specializzato in cosa, zia? Magari la imbottiscono di medicine e... No, tante grazie. Mia madre resta a casa.

– Verrò a trovarvi stasera con Paride.

TAZIO
HA UN'IDEA

A mezzogiorno, mia madre ha voluto cucinare lei la pastasciutta.

– Come la preferite? – ci ha chiesto.

– Al dente, come al solito – le ha risposto mio padre.

Mia madre ha sorriso e ha detto: – Come vorrei che fosse tutto scontato. Luca, prendi il formaggio, per favore.

Luca ha preso il formaggio e lo ha messo in tavola senza dire niente.

Mentre mangiavamo, io ho cercato di tenere desta la conversazione.

– Ti va di andare ai giardini oggi pomeriggio? – ho chiesto a mia madre.

– Quali giardini?

– Quelli di corso Taranto.

– Non li conosco.

Luca ha spalancato gli occhi e si è lasciato sfuggire uno spaghetto dalla bocca.

– Pulisciti, ti sei sporcato – gli ha detto mia madre.

Luca si è affrettato a farlo e ha ripreso a mangiare in silenzio, con la testa china sul piatto.

– Ai giardini incontriamo spesso la pensionata alla quale piace tanto chiacchierare – ho ripreso. – Quella che parla sempre del figlio che non è più tornato dalla guerra.

Mia madre ha scrollato la testa e mio padre ha detto: – Sembra tutto inutile.

– Non voglio darvi troppi grattacapi – ha detto mia madre.

– Grattacapi! Questa sì che è bella – ha esclamato mio padre.

A quel punto nessuno ha più parlato e il resto del pranzo è trascorso in silenzio.

Verso le cinque è venuta Ottilia.

– Allora, ci sono novità? – mi ha chiesto.

– Nessuna novità – le ho risposto. – Nebbia fitta su tutto il fronte. Cosa ha detto il maestro?

– Che se tua madre ha bisogno di te, stai pure a casa. Ti porterò io i compiti.

– Lo hai detto a qualcun altro?

– No, ho tenuto la bocca chiusa, come mi hai chiesto tu. Volevo dirlo solo a Tazio. Ma non sapevo se...

– Tazio lo chiamerò io più tardi.

Mia madre è venuta nell'ingresso e ha detto: – Tu devi essere Ottilia, vero?

– Io... sì, signora... sono Ottilia... l'amica di sua figlia... di Valentina.

– Valentina mi ha parlato molto di te. Vuoi fare merenda con noi?

– Sì, grazie.

– Allora accomodati in cucina.

Ottilia si è seduta e si è messa a sgranocchiare biscotti, ma se li sbriciolava tutti addosso perché non riusciva a staccare gli occhi da mia madre.

– Sei davvero molto amica di Valentina? – le ha chiesto a un certo punto mia madre.

– Valentina è la mia migliore amica. Lei e io siamo amiche per la pelle – si è affrettata a rispondere Ottilia. – Davvero non ricorda nulla?

Mia madre ha scrollato la testa e Ottilia si è grattata il mento e il naso.

Poi ha ripreso: – Mia madre voleva comprare una pentola a pressione, ma dopo quello che è successo a lei, l'ho sconsigliata. Meglio non correre rischi. Adesso come farà a guarire? Cioè, come farà a recuperare la memoria?

– Non ne ho proprio idea.

Ottilia si è trattenuta una mezz'ora, poi si è alzata e ha detto: – Devo andare. Ho bisogno di un paio di scarpe nuove, e mia madre dice che o le compriamo stasera, o niente.

Poco dopo ho telefonato a Tazio.

– Ciao – gli ho detto. – Ci è successo un guaio.

Quando ho finito di raccontarglielo, gli ho chiesto: – Perché non fai un salto da me?

Tazio è arrivato subito dopo.

– Lui è Tazio – ho detto a mia madre. – Un amico e un compagno di scuola.

Mia madre gli ha stretto la mano e lo ha fissato intensamente negli occhi per qualche secondo.

Allora mi sono affrettata a dire: – Tazio mi invitò al matrimonio di sua zia Colomba. Io volevo andarci in jeans e maglietta, ma tu mi dicesti che non stava bene e che ci voleva un vestito elegante per l'occasione. Andammo a comprarlo insieme e discutemmo molto con la commessa prima di sceglierlo. Vado a prenderlo. È nell'armadio della tua camera.

Sono tornata col vestito, l'ho mostrato a mia madre, ma lei si è limitata a dire: – È molto bello. Devi essere stata molto carina al matrimonio.

Io ho ripiegato il vestito e sono andata a riporlo nell'armadio.

Ormai non sapevo più cosa dire o cosa fare. Perciò, quando ho salutato Tazio sul pianerottolo, gli ho detto: – Non avrei mai pensato che un giorno mi sarei trovata in una situazione del genere. Non è solo assurda. È fantastica. E mi sembra tutto un gioco.

Tazio è rimasto pensoso accanto all'ascensore, e prima che la porta si chiudesse, mi ha chiesto: – Le hai mostrato le foto in cui è con voi?

LE FOTO!
LE FOTO!

Sono rientrata in casa di corsa. Come avevo fatto a non pensarci subito? Ero stata così travolta dagli avvenimenti, che mi era sfuggita l'idea più semplice. Ed era sfuggita anche a mio padre. Ma non mi meravigliavo. Era così abbattuto, e mi guardava come se cercasse in me l'ispirazione per le cose più giuste da fare.

– Mamma, le foto, le foto! – ho gridato rientrando in casa.

– Quali foto?

– Ma quelle in cui sei con noi! Con me, con papà, con Luca.

Ho rovistato freneticamente in un cassetto della credenza e ho tirato fuori l'album nel quale abbiamo raccolto le foto più significative della nostra famiglia: da quelle del battesimo, a quelle della prima comunione, a quelle di quando siamo stati in montagna o al mare.

– Ecco, guarda! Qui sei tra noi, mamma. Adesso non puoi dire che non ci conosci!

Mia madre si è messa a sfogliare l'album in silenzio, e gli occhi le si sono riempiti di lacrime.

– Allora è vero… Allora è vero… – ha mormorato.

E mi ha abbracciata come si abbraccia una vera figlia.

Quando si è asciugata le lacrime, però, mi ha detto: – È vero, queste foto dicono che io faccio parte della vostra famiglia. Ma lo dicono solo delle immagini. Nella mia memoria, queste foto e i luoghi in cui sono state prese, non trovano un posto. Non fanno parte della mia storia, capisci? Quella che io posso rievocare con i ricordi. Però adesso sono molto più serena. So di avere un passato che mi lega a voi.

Io ero un po' delusa, ma ho continuato a sfogliare l'album insieme a lei.

– Qui eravamo a Santa Margherita Ligure – le ho detto. – Te ne ha parlato anche zia Elsa. – E ho continuato: – Qui avevo cinque anni e tu mi stavi facendo dondolare sull'altalena. Io volevo andare sempre più su, ma tu avevi paura che cadessi e mi dicevi: «Valentina, non esagerare». Lo dicevi in un modo così buffo, che mi facevi ridere, e a me sembrava che facessimo un gioco nel gioco.

– E qui dov'eravamo?

– Qui eravamo a Saint Jacques, in Valle d'Aosta. Una mattina, avevo sei anni, ero uscita dall'albergo dove stavamo passando il fine settimana, e me n'ero andata nel bosco. Mi sono smarrita quasi subito, e tutta

Mia madre sfogliava l'album in silenzio…

la gente del paese si è mobilitata per venire a cercarmi. Ma tu sei stata la prima a trovarmi. E quando siamo tornate indietro, hai detto a tutti: «Valentina è salva, grazie». Si diceva che da quelle parti fosse stato avvistato un lupo, e tutti si aspettavano di vedermi tornare a brandelli. Questo me lo dicesti dopo, quando mi rimproverasti perché mi ero allontanata dall'albergo senza dirti nulla.

– Questa foto è molto curiosa.

– Ci credo! Eravamo tutti mascherati. Quello è stato il carnevale più bello della mia vita. Non mi sono mai divertita tanto. Abbiamo partecipato alla battaglia delle arance, e alla fine eravamo tutti gocciolanti di succo rosso.

Mia madre mi ha abbracciata di nuovo e ha detto: – Quanti bei ricordi, Valentina! Spero di poterli presto condividere con te con la consapevolezza che ne hai tu.

Prima di chiudere l'album, ho mostrato a mia madre una foto in cui lei e papà erano stati sorpresi dal fotografo a baciarsi nel parco del Valentino. Papà si era dapprima arrabbiato col fotografo. «Come si permette di violare l'intimità altrui?», gli aveva chiesto. Ma poi la foto gli era piaciuta tanto, che l'aveva acquistata dall'uomo senza dire più niente.

– Vedi come ti vuole bene papà? – ho detto a mia madre.

Mia madre ha preso in mano la foto ed è rimasta a guardarla a lungo.

È FINITA... È FINITA, BAMBINI

– Pensa se io perdessi la memoria e mi trovassi in una città dove nessuno mi conosce. Potrebbe succedermi di tutto – mi ha detto Ottilia al telefono stamattina. – Tua madre, per lo meno, è stata fortunata. Si trova in casa sua e non se ne va in giro come una sbandata. Dici che non crede nemmeno alle foto?

– Ci crede, ci crede. Come può negare che è lei? Però non prova emozioni a guardarle. È come se si trattasse di un'altra persona. Non scatta la scintilla del ricordo, capisci?

– Cosa pensate di fare?

– Per ora niente. Solo aspettare.

E così anche oggi è stata una giornata strana. Mia madre ha cucinato, ha messo in funzione la lavatrice, ma sembrava una colf impiegata per fare le pulizie a casa nostra.

– Vuoi che ti aiuti? – le ho chiesto.

– Sì, grazie. Mi dici dove sono le pinze per stendere i panni?

Mentre stendeva i panni, mia madre ha guardato sul balcone accanto al nostro. C'era la nostra vicina, che le ha detto: – Bella giornata per stendere. Dovrei farlo anch'io. Ma non ne ho voglia. Ha poi trovato il prodotto che le ho consigliato?

– Quale prodotto? – le ha chiesto mia madre, imbarazzata.

– Quello che ammorbidisce meglio degli altri.

Mia madre è rimasta in silenzio e io sono intervenuta dicendo: – Sì, sì, lo ha trovato. È proprio buono come dice lei.

– Qualcosa non va? – ha insistito la nostra vicina.

– No, no, è tutto a posto.

Mia madre è rientrata in fretta in casa, e mi ha chiesto: – Chi è quella donna?

– È quella che prima litigava sempre col marito. Ma adesso hanno fatto pace e non si fanno più sentire.

– Deve aver capito tutto.

– Non ha capito niente, mamma.

Poco dopo Luca è entrato in cucina con la sua macchinina telecomandata.

– Ti piace? – ha chiesto alla mamma.

– È carina. Chi te l'ha regalata?

– Tu.

– Ah. E… quando?

– Il Natale scorso.

Mia madre si è seduta, ha abbracciato Luca e gli ha chiesto: – Ti ho fatto molti regali finora?

– Abbastanza.

– E qual è quello che ti piace di più?

– Il trenino di legno. Me l'hai regalato quando ho compiuto cinque anni.

– Mi spiace di non ricordarmene, Luca.

– Non fa niente. Ma tu, mi vuoi bene lo stesso?

– Oh, sì, certo. Sei mio figlio, no?

– Ma lo dici perché ci credi, o perché te lo diciamo noi?

Mia madre non ha risposto alla domanda di Luca e Luca se n'è andato a testa china nella nostra camera.

– Poverino – ha detto mia madre. – Chissà come si sente. Stasera lo accompagnerò a letto e gli leggerò una storia. È una cosa che faccio di solito?

– Da un po' di tempo in qua, non più, mamma.

– Peccato. Allora la sentirà come una forzatura...

– Ma no. Secondo me gli farà piacere. L'acqua sta bollendo, mamma.

– Che sbadata. Passami la pasta. Il sugo com'è?

– È già buono. L'ho assaggiato io.

– A che ora torna tuo padre?

– Alle otto. Stasera si trattiene in ufficio un po' di più.

Il pomeriggio è trascorso in modo un po' noioso. Mia madre aveva mal di testa e non è voluta venire ai giardini con me e Luca. Allora ho preferito restare anch'io in casa a ripassare un po' di geografia e storia. Anche oggi non sono andata a scuola, e non volevo perdere colpi.

Prima di cenare ho aiutato mia madre a piegare i panni. Luca gironzolava sbuffando per la casa, e quando è venuto in cucina, ha aperto uno sportello della credenza e ha tirato fuori la pentola a pressione.

– È colpa di questa se... – ha cominciato a dire.

Ma mia madre non lo ha lasciato finire e gli ha detto: – Luca, non toccare mai la pentola a pressione.

A me sono caduti i pigiami di mano, Luca ha mollato la pentola, e mia madre è rimasta a bocca aperta. Ha guardato prima me, poi Luca, poi la pentola, poi i fornelli della cucina. Infine si è toccata la fronte e ha balbettato: – Adesso ricordo... adesso ricordo tutto.

Io e Luca ci siamo scaraventati addosso a lei e l'abbiamo stretta come se temessimo di vedercela sfuggire di nuovo.

– Quella frase... quella frase... quante volte l'ho ripetuta... – ha continuato a dire mia madre fra le lacrime. – È finita... è finita, bambini.

ADESSO SÌ CHE È TUTTO NORMALE!

Papà non ha quasi mangiato e ha continuato a chiedere alla mamma: – Sei sicura che è tutto a posto?

– Sì, sì. Ricordo tutto fino al momento della botta sulla fronte. Poi c'è il buio nella mia testa.

– Non importa. È meglio dimenticare quello che è successo dopo.

«Dimenticare?» ho pensato. Impossibile. Avevo passato delle ore di confusione e di paura che si erano incise per sempre nella mia memoria. Mia madre c'era e non c'era, e la luce di spavento nei suoi occhi me la porterò dietro a lungo.

– Forse se Luca non avesse ripreso in mano la pentola a pressione… – ha detto.

E Luca ha sorriso come se fosse il vero eroe della giornata, che stava per concludersi come tante altre.

Quando mia madre ha seguito mio padre nella loro camera, un po' mi veniva da ridere, un po' mi veniva da piangere. Adesso sì che tutto era tornato normale!

– Non ho voglia di dormire – mi ha detto Luca quando si è infilato nel letto.

– Neanch'io.

– Sono stato bravo, vero?

– Sì, ma non rimetterti a giocare con la pentola a pressione.

– Secondo me, la mamma la butta via.

– Per fortuna è finita bene.

– Perché non ha voluto dormire con papà ieri sera?

– Perché non credeva che fosse suo marito.

– Io sono stato bene nel letto di papà.

– Che cosa ti ha raccontato?

– Mi ha detto che forse la mamma stava facendo finta di aver perso la memoria.

– Ti ha detto proprio così?

– Sì. Mi ha detto che forse voleva metterci alla prova per vedere quanto bene le volevamo.

– Che assurdità. E tu gli hai creduto?

– Veramente non ho capito molto. Però ho capito che anche lui era spaventato. E poi, verso le due, quando mi sono alzato per andare a fare la pipì, l'ho sentito che parlava nel sonno.

– E cosa diceva?

– Diceva: «Maria, smettila. Adesso il gioco sta durando troppo». Comunque, quando ha finito di parlare, mi è sembrato che si sia messo a piangere.

– Papà che piangeva?

– A me è sembrato di sì. Per questo stavo per mettermi a piangere anch'io. Non ho mai visto piangere papà.

Nemmeno io. Allora ho chiesto a Luca:

– Non è che mi stai dicendo un mucchio di bugie?

– E perché dovrei dirti delle bugie?

– Adesso però basta parlare. Mi sta venendo sonno.

– Chissà se la mamma ricorda davvero tutto.

– Cosa vuoi dire?

– L'ho sentita quando ti ha detto che stasera mi avrebbe accompagnato a letto e mi avrebbe raccontato una storia. Invece non è venuta.

– Secondo me voleva consolare papà. Ieri sera, in fondo, lo ha offeso. E avrà voluto fargli subito un po' di coccole.

– Anche i grandi si fanno le coccole?

– Eh, sì. Credo che a volte ne abbiano bisogno più dei piccoli.

UNA CUGINA CHIAMATA LIA

Oggi sono tornata a scuola tutta pimpante e allegra. Non mi sembrava vero di poter riprendere la mia vita normale.

– Ciao, Valentina – mi ha detto Ottilia. – Sprizzi felicità da tutti i pori.

– Si vede?

– Eccome!

– Novità?

– Nessuna. A parte Rinaldo. Si è messo l'orecchino anche all'orecchio sinistro. Adesso mi pare che esageri. Scommetto che tra qualche giorno arriva con un altro infilato nel naso. E a quel punto sono certa che il maestro lo rimanda a casa.

– Eppure, se non ci fosse Rinaldo, sento che mancherebbe qualcosa alla nostra classe.

– Sì, mancherebbe uno scocciatore.

– Adesso però non dà più fastidio alle bambine.

– Vuoi dire che non alza più i vestiti perché sa che il maestro lo punirebbe severamente. Però le oscenità con la sua linguaccia continua a dirle.

Tazio è venuto a salutarmi anche lui e mi ha detto: – Ben tornata. Il tuo posto vuoto mi ha immalinconito.

Mi è talmente piaciuto sentirgli dire quella frase, che avrei voluto abbracciarlo e dirgli: «Grazie, sei molto romantico».

In classe c'era il solito chiacchiericcio e io me lo sono goduto dopo averne fatto a meno per i due giorni più lunghi della mia vita.

Evviva la normalità, mi sono detta.

Quando sono tornata a casa, però, mi aspettavano delle novità.

– Valentina, poco fa ho ricevuto una telefonata – mi ha detto mia madre, mentre metteva in tavola la merenda.

– Da chi?

– Da chi non mi sarei mai aspettata.

– Dai, non tenermi sulle spine, parla.

– Ha chiamato la sorella di tuo padre, zia Cosetta.

– Zia Cosetta?

– L'hai incontrata una sola volta, cinque anni fa. Non mi meraviglia che non te ne ricordi. È una che se n'è sempre stata per conto suo, che ha sposato un uomo ricco sfondato e vive sul lago di Garda in una villa da gran signori.

– E cosa vuole da noi? Vuole regalarci un po' dei suoi milioni?

– Vuole un favore.

– Addirittura! Allora è una spilorcia matricolata. La risposta è no, mamma.

– Valentina, non vuole dei soldi o cose del genere.

– E cosa vuole, allora?

– Vuole che ospitiamo sua figlia per sette-otto giorni.

– Hanno una figlia?

– Sì, si chiama Lia e ha la tua età. Lei non l'ho mai incontrata.

– E perché dovremmo ospitare questa Lia?

– Pare che tua zia e suo marito stiano attraversando un momento difficile, e hanno bisogno di qualche giorno per chiarirsi. Ma non vogliono farlo con la bambina tra i piedi. E dato che da mercoledì prossimo cominciano le vacanze di Pasqua e la scuola chiude, tua zia mi ha chiesto se possiamo tenere Lia con noi.

– Poveraccia! – ho esclamato. – Ce la vogliono spedire qui come un pacco. E poi sei sicura che se la riprenderanno?

– Tua zia mi ha assicurato che in sette giorni si deciderà del loro futuro. E in ogni caso la bambina tornerà da lei al termine delle vacanze, perché non vuole farle perdere un solo giorno di scuola.

– Tu cosa le hai detto, mamma?

– E cosa dovevo dirle? L'ho sentita così disperata.

– Insomma le hai detto di sì.

– Per forza. Ma mi ha fatto più pena la figlia della madre.

– E dove la metterai a dormire?

– Temo che Luca dovrà arrangiarsi. Gli metterò una brandina nella nostra camera.

– Dunque Lia dormirà con me.

– Sì. Ti secca?

– Immagino che arriverà distrutta.

– Non ho proprio idea di come sia questa bambina: né di come sia stata educata, né di che carattere abbia.

– Certo, per una che vive in una villa sul lago, si sentirà un po' stretta nella mia camera.

– Se finora non ha mai avuto occasione di adattarsi, imparerà a farlo da noi.

Alla notizia che avrebbe dormito nella camera dei nostri genitori, Luca ha puntato i piedi.

– Che diritto ha di cacciarmi dalla mia camera questa qui? – ha mugugnato.

– Luca, si tratta solo di alcuni giorni – gli ha detto mia madre. – E vorrei pregarti di essere gentile con lei e di non farglielo pesare troppo.

Papà ha borbottato: – Cosetta non è mai stata una persona seria. Vedremo che cosa combinerà questa volta.

– Bisognerà andare a prendere la bambina alla stazione – gli ha detto mia madre.

– A che ora arriva?

– Mercoledì mattina alle dieci.

– Mi prenderò un giorno di ferie. Come farò a riconoscerla?

– Tua sorella dice che indosserà un vestito rosso. Inoltre avrà un nastro azzurro tra i capelli.

– Rosso e azzurro. Spero che non mi sfugga.

– Verrò anch'io con te, papà.

UNA BAMBINA CHE SI ANNOIA

Alle dieci meno un quarto eravamo in testa al binario. Il treno è arrivato in orario e io ho scorto subito Lia.

– Dev'essere lei, papà. Vestito rosso e fiocco azzurro.

– Vieni, andiamo a chiederglielo.

Lia ci ha guardati con un po' di fastidio e, rivolta a mio padre, gli ha chiesto: – E così tu saresti mio zio.

– Purtroppo, visto che non ti piaccio.

– Non ho detto questo. E lei chi è?
– È mia figlia, e si chiama Valentina.
– Cioè è mia cugina.
– Direi di sì.

Io ho allungato una mano come si fa con gli estranei, ma Lia l'ha guardata come se fosse sporca, e ha tenuto a posto la sua. Con l'altra mano stringeva il manico di una grande valigia, e mio padre le ha detto: – Dalla a me. Sembra pesantissima.

– Lo è. Non potevo mettermi in viaggio con quattro stracci.

In quella valigia dovevano esserci cambi per almeno un mese. Ma io speravo che dopo tre giorni sarebbe ripartita. Con la sua arroganza, non sarebbe stato facile andare d'accordo nemmeno per ventiquattro ore.

Mentre la nostra auto si districava nel traffico, Lia si guardava intorno con degnazione.

– Che traffico bestiale! – ha esclamato a un certo punto. – Però mi piace. Intorno alla villa dove abitiamo è un tale mortorio! Se voglio vedere un po' di movimento, devo andare a Desenzano o a Peschiera. Ti piace viaggiare? – mi ha chiesto.

– Sì. Finora sono stata in molti posti.

– Non puoi aver viaggiato più di me. Io ho girato quasi tutta l'Europa.

– Sei stata anche in Cornovaglia?

– No.

– Allora ti consiglio di andarci. È molto bella.

Arrivati a casa, ho mostrato a Lia la mia camera.

– È qui che dormirò? – mi ha chiesto.

– Sì.

– Sembra una gabbia.

– Sembrerà a te. Per me è la camera più bella che ci sia.

– Si vede che ti accontenti di poco.

– Se ci stai stretta, puoi prendere la valigia e ripartire.

Lia si è seduta sul bordo del letto e mi ha detto: – Senti, io non ho nessuna voglia di litigare con te.

– Nemmeno io voglio litigare con te.

– È che mi sento un po' spaesata. Non conosco né te né i tuoi, e non pensavo di essere spedita fuori da casa mia con solo qualche giorno di preavviso.

– Mi dispiace, ma non è colpa mia.

– D'accordo, d'accordo. Qual è il mio letto?

– Quello sul quale sei seduta. Ma mia madre ha cambiato le lenzuola a tutti e due. Perciò se vuoi dormire nell'altro, fai pure.

– Preferisco questo vicino al muro. Carino questo poster.

– È il lago di Zurigo.

– La mia villa si trova a Sirmione e si affaccia sul lago. Ti piacciono i laghi?

– Sì.

– Noi abbiamo una barca e io la prendo spesso da sola. Una volta ha cominciato a soffiare il vento all'improvviso, e la barca ha rischiato di capovolgersi.

– Te la sei vista brutta, insomma.

– Abbastanza. Ma sono convinta che se

fossi finita in acqua, me la sarei cavata lo stesso. A che ora si mangia da voi?

– A mezzogiorno, quando siamo tutti a casa.

– Meno male. Ho una fame che non ci vedo. Ieri sera ho litigato con i miei e ho saltato la cena.

A tavola, Lia ha mangiato a quattro palmenti, e quando è arrivata alla frutta, ha detto a mia madre: – Complimenti, cucini proprio bene.

– Pensavo che nelle ville si mangiasse come dei principi – ha osservato Luca.

Ma Lia è scoppiata a ridere e ha detto: – Nella villa dove abito io, più che mangiare a tavola, mangio dal frigorifero. Ed è tutta roba fredda e insipida. Mia madre non cucina quasi mai. C'è un posto dove andare a correre da queste parti?

– Ci sono i giardini poco lontano da casa nostra – le ho risposto.

– Ti va di andarci?

– Adesso?

– Sì.

– Devo aiutare mia madre a lavare i piatti.

– Non avete la lavastoviglie?

– No.

Mia madre mi ha detto: – Vai pure con tua cugina, Valentina. I piatti li lavo io. E poi c'è tuo padre che mi darà una mano.

Ai giardini, Lia ha adocchiato un'altalena, è andata sedersi sulla tavoletta e mi ha chiesto: – Tu non ti annoi mai, Valentina?

– Qualche volta.

– Io quasi sempre. Quando esco da scuola, torno a casa, faccio i compiti di malavoglia e vado a sedermi di fronte al lago.

– Non hai delle amiche?

– La scuola dove vado io è frequentata da gente ricca. Quando usciamo, ciascuno ha mille impegni e se ne va senza nemmeno salutare gli altri. E poi i miei sono un po' solitari e non coltivano molte amicizie. E così non ho quasi nessuno con cui giocare. Passo il mio tempo davanti al computer, e quando i miei non ci sono, mi diverto a navigare in Internet. Ma da un po' di tempo anche questo passatempo mi ha stancata. Allora preferisco prendere la barca e andarmene sul lago. Tu ce l'hai un'amica vera?

– Sì.

– Come si chiama?

– Ottilia.

– Me la fai conoscere?

I SOLDI DI LIA

– Ottilia... Lia... – ho detto presentando Ottilia a mia cugina.

– Ciao.

– Ciao.

– Adesso che siamo in tre, dobbiamo pensare a divertirci – ha detto Lia. – Volete andare al cinema, o preferite le giostre?

– Non ho i soldi – ha detto Ottilia.

– I soldi non sono un problema. Ne ho io per tutti.

Lia ha aperto la cerniera del suo marsupio, ha tirato fuori un portafoglio gonfio e ci ha mostrato un bel pacco di banconote da dieci e cinquantamila lire.

– Come fai ad avere tutti quei soldi? – le ha chiesto Ottilia.

– Io posso averne quanti ne voglio. Allora, cosa volete fare?

Erano le quattro, faceva caldo e io ho detto che non avevo voglia di andare a rinchiudermi in un cinema, anche se c'era l'aria condizionata. Le giostre erano lontane, e, tutto sommato, preferivo comprarmi un gelato.

– D'accordo – ha detto Lia.

Io volevo pagare il gelato con i miei soldi, ma Lia ha insistito: – Potete ordinare anche un semifreddo o una torta gelato. Offro io.

Io ho preso un cono normale, Ottilia pure, mentre Lia ha ordinato una coppa enorme.

Lia ha voluto mangiare il gelato seduta in poltrona. E quando ha visto uno zingarello col naso appiccicato alla vetrina, gli ha fatto cenno di entrare e gli ha chiesto:
– Cosa ti va di mangiare? I pasticcini o il gelato?

– Tutti e due – le ha risposto il bambino.

– Tieni, queste sono diecimila lire. Dovrebbero bastare.

Il bambino ha spalancato gli occhi, ha preso i soldi ed è uscito a precipizio dalla cremeria.

Lia ha alzato le spalle e ha continuato a mangiare il gelato.

Quando ha finito, si è leccata le labbra e ha detto: – Andiamocene. Quello lì sarà andato a farmi pubblicità, e magari tra un po' arriva qui con un esercito di amici e di fratelli. Non c'è un posto dove ci sia dell'aria condizionata? Fa un caldo tremendo. Io mi sto squagliando.

– Ci sarebbe il centro commerciale – ha suggerito Ottilia.

Una volta arrivate, Lia si è subito diretta al reparto dove vendevano gli orologi, e si è messa a osservare i cronometri colorati dietro le vetrine.

– Vi piacciono questi? – ci ha chiesto.

– Sono molto carini – le ha risposto Ottilia, fissandone uno.

– Ti piace quello? – le ha chiesto Lia.

– Parecchio.

– Okay, te lo compro.

– Stai scherzando?

– Per niente.

– Be', non voglio.

– Ma se hai detto che ti piace!

– Sì, ma questo non vuol dire che…

– Oh, non fare la ritrosa… Signorina, per favore, venga qui.

La commessa ha aperto la vetrina e ha preso l'orologio che Lia le ha indicato. Poi Lia è andata a pagare e ha offerto l'orologio a Ottilia.

– Tieni, è tuo – le ha detto.

– Ma hai speso troppi soldi! – ha balbettato Ottilia, guardando con avidità l'orologio che Lia le offriva.

– E con ciò? Posso permettermelo. Su, mettilo al polso e vediamo come ti sta.

Ottilia mi ha guardata, ma io non ho battuto ciglio. Speravo che rifiutasse, invece ha preso l'orologio e lo ha agganciato al polso.

– Ti sta benissimo – ha detto Lia.

– Non so se posso accettarlo – si è schermita Ottilia.

– Che c'è? Ti vergogni di ricevere un regalo da me? Guarda che questi soldi non li ho rubati.

Ottilia mi ha guardata di nuovo e ha mormorato a Lia: – Grazie.

Allora Lia si è rivolta a me e mi ha chiesto: – Tu cosa vuoi, Valentina?

– Non voglio proprio niente. E quei soldi faresti bene a non spenderli con tanta facilità. Non ti chiederanno di rendergliene conto, i tuoi genitori, quando torni?

– Questi soldi sono miei e posso farne

quello che mi pare. Vuoi anche tu un orologio?

– Ce l'ho già, grazie.

– Venite, andiamo al reparto profumeria – ha detto Lia, quando ha capito che non le avrei permesso di spendere nemmeno una lira per me.

Davanti ai rossetti, ai profumi e alle scatole per il trucco, Lia è rimasta in silenzio per un po'. Infine ha detto: – Io penso di cominciare a truccarmi molto presto. Volete che compriamo un rossetto?

– Non saprei che farmene – le ha risposto Ottilia.

Un quarto d'ora dopo giravamo annoiate tra i reparti della biancheria, e a un certo punto Lia ha sbuffato: – Andiamocene, non so più cosa fare qui dentro.

Una volta fuori dal centro commerciale, Lia ha atteso che arrivassimo all'altezza dei giardini. Allora ha tirato fuori dal marsupio un rossetto, ce lo ha mostrato e ha detto: – È uno dei migliori.

Io ho fissato il bastoncino rosso tra le sue dita e le ho detto: – Ma io non ti ho visto comprarlo.

– E infatti non l'ho comprato.

– Vuoi dire... che l'hai rubato?

– Per un oggettino come questo non andranno certo in rovina.

– Ma non si fa. Non è giusto.

– Valentina, per favore, non essere troppo moralista.

PENSIERI PRIMA DI ADDORMENTARSI

– Se lei dormiva sul divano, io potevo dormire nel mio letto – ha brontolato Luca mentre sistemavamo la sua brandina nella camera dei miei.

– Quel divano è mezzo sfondato e farebbe venire il mal di schiena a una pietra – ho detto.

– Per fortuna non pesa molto, se no sfonderebbe il *mio* letto.

Lia, in effetti, è magra. Troppo, secondo me. E quando è rimasta in slip e canottiera, non ho potuto fare a meno di osservare per qualche secondo il suo corpo sottile.

Lei se n'è accorta e mi ha detto: – Non farti strane idee. Come hai visto, io mangio parecchio. È che sono molto nervosa e il mio corpo brucia in fretta tutte le calorie che ingurgito. E adesso vediamo come si sta in questo letto.

Lia è saltata sul letto di Luca, si è girata di qua e di là, e alla fine ha detto: – Non è il massimo. Ma credo che almeno per stanotte dormirò come un sasso. Devo recuperare il sonno della notte scorsa.

Quando ha smesso di rigirarsi nel letto, ho spento la luce sul comodino da notte.

Per qualche minuto sono stata zitta. Ma quando ho capito che Lia era ancora sveglia, le ho chiesto: – Perché hai rubato il rossetto?

Lia è magra. Troppo, secondo me.

– Perché mi andava di farlo.

– Eppure i soldi per pagarlo li avevi.

– Se avessi pagato, avrei perso tutta l'eccitazione.

– È sciocco esporsi al pericolo di essere scoperti.

– Lo so. Ma certe volte non riesco a farne a meno.

– Lo hai fatto altre volte, dunque.

– Sì.

– E ti è sempre andata bene?

– Finora sì.

– La prossima volta potrebbero accorgersene e denunciarti. E allora i tuoi...

– Oh, i miei se ne infischiano di me. Però è vero, un grattacapo del genere non credo che li lascerebbe indifferenti. Si arrabbierebbero, mi minaccerebbero e chissà cos'altro farebbero. Forse lo faccio proprio per questo.

Io ho taciuto e mi sono girata su un fianco, decisa ad addormentarmi.

Ma Lia ha ripreso: – Credi che Ottilia sia

stata contenta dell'orologio che le ho regalato?

– Naturalmente.

– Però in un primo tempo non lo voleva.

– Nessuno accetta un regalo da una sconosciuta.

– Vorrei che diventasse anche mia amica. Cosa vi raccontate voi due?

– Quasi tutto.

– Dev'essere bello.

– È come guardarsi in uno specchio.

– Tu devi considerarmi una bambina viziata e capricciosa, vero, Valentina?

– Ti conosco così poco!

– Ma ti sarai già fatta un'idea di come sono.

– Più o meno.

– E mi disprezzi? Con me voglio che tu sia sincera. Finora quasi nessuno lo è stato. Tu, invece, ho notato che dici quello che pensi.

– Lo faccio con tutti.

– Andiamo al fiume domani?

– È un po' lontano.

– Non importa, prenderemo il pullman.

– Meno male. Pensavo che volessi andare in taxi.

Lia ha riso, si è messa a pancia in giù e mi ha detto: – Buona notte, Valentina. Prima o poi voglio farti un bel regalo. E lo devi accettare.

CON L'ACQUA IN GOLA

Verso l'una, Lia ha lanciato un grido e mi ha svegliata.

– Cosa è successo? – le ho chiesto.

– Ho avuto… un incubo – mi ha risposto. – Stavo per affondare nel lago… Devo andare a bere un bicchiere d'acqua. Accendi la luce, per favore.

– Vuoi che venga con te in cucina?

Lia non ha risposto e mi sono alzata per andare con lei.

– Vuoi un bicchiere di latte caldo? – le ho proposto.

– Sì.

Ho preso un pentolino, l'ho riempito di latte e ho acceso uno dei fornelli a gas.

Quando il latte è stato abbastanza caldo, l'ho versato in due bicchieri e ho chiesto a Lia: – Lo vuoi con lo zucchero?

– No, va bene così.

Mentre bevevo, le ho chiesto: – Ti capita spesso di avere degli incubi?

– Ogni tanto. Ma sono sempre orribili e mi fanno schizzare dal letto. E a te?

– Succede anche a me.

– Sembrava così vero!

– Che cosa?

– Il fatto che stessi annegando. Sai com'è quando l'acqua ti entra in gola, e più apri la bocca, più ne entra? È terribile. Una volta mi è successo nella realtà. Sarà per questo che ogni tanto faccio questo sogno.

– Hai rischiato di annegare nel lago?

Macché! Ero nella vasca. Avevo appena finito di mangiare, e mi ero messa in testa di fare il bagno. Ero sola in casa, e potevo fare quello che volevo. A un certo punto, mentre ero nella vasca, mi sono venuti i crampi allo stomaco, mi sono sentita svenire e sono finita con la testa sott'acqua. Per fortuna sono riuscita a tirarmi fuori, ho vomitato e tutto è finito lì.

– Vuoi dell'altro latte?

– No, basta così.

– Allora torniamo a letto.

UNA BARCA IN BALIA DELLA CORRENTE

Quando mi sono svegliata, Lia era seduta sul letto. Aveva gli occhi gonfi e doveva aver dormito poco.

– Forse è meglio rinunciare al fiume – le ho detto.

– Perché?

– Perché sei morta di sonno.

– Adesso mi faccio una doccia con l'acqua fredda e mi sveglio per bene.

Dopo la doccia, Lia ha fatto un'abbondante colazione e Luca l'ha guardata storto.

– Hai dormito bene nel mio letto? – le ha chiesto.

– Sì. Ma mi sporgevano un po' i piedi. E tu?

Luca non ha risposto, e Lia gli ha detto:
– Ti ricompenserò, stai tranquillo.

Alle otto e mezza, Lia mi ha chiesto:
– Sei pronta?

– Quasi. Il numero di Ottilia è sulla rubrica. La chiami tu?

– Io non voglio che venga Ottilia. Voglio che andiamo solo noi due.

Il pullman era quasi vuoto, e ci ha portate fino a piazza Vittorio. Lì siamo scese e ci siamo incamminate lungo i Murazzi. Abbiamo passeggiato a lungo guardando le acque del Po che scorrevano tranquille, e a un certo punto Lia mi ha detto: – Vieni, andiamo laggiù. Mi sembra che affittino delle barche.

Mi ha presa per mano e mi ha trascinata fino al molo dove un uomo faceva la guardia a un paio di barche.

Le barche erano ormeggiate a un palo, e Lia ha chiesto all'uomo: – Quanto si paga per avere a disposizione una barca per un'ora?

– E dov'è la persona che vorrebbe affittarla? – le ha chiesto l'uomo.

– È qui davanti a lei.

– Io vedo solo due bambine.

– Ma una delle due, e cioè io, sa benissimo come si manovra una barca.

– Sarà, ma non voglio che lo dimostri proprio a me stamattina. Toglitelo dalla testa. Io non affitto la barca a una ragazzina.

Lia ha stretto la bocca ed è stata sul punto di reagire con rabbia. Ma è riuscita a trattenersi, e ha proposto all'uomo: – Perché non la guida lei, allora?

– Perché non posso lasciare incustodita l'altra.

– Guardi che sono disposta a pagarla bene. Più di quanto lei immagina.

– Non credo che tu abbia i soldi per comprare nemmeno un gelato.

– Lei è uno che non si fida, vero? Ma io la pago in anticipo, cosa crede? Ecco, guardi qui. Le bastano centomila?

Lia ha tirato fuori dal marsupio due banconote da cinquantamila lire, ma io le ho detto: – Lascia perdere. Perché spendere tanti soldi? Il fiume ce lo possiamo godere anche camminando lungo le sponde.

L'uomo ha guardato i soldi, ha ruminato qualcosa, poi ha detto: – Saltate in questa. Vi faccio fare un giretto senza perdere di vista l'altra.

Lia è saltata nella barca facendola oscillare. Poi ha allungato una mano e mi ha detto: – Su, vieni.

La barca mi sembrava che avesse la consistenza di un guscio, e non mi fidavo troppo. Ma non volevo far vedere a Lia che avevo paura. E sono saltata accanto a lei.

L'uomo ha srotolato la fune, ma quando stava per raggiungerci nella barca, Lia ha preso un remo, lo ha spinto contro il molo, e la barca ha cominciato ad allontanarsi dalla riva.

– Ehi, cosa fai? Torna subito indietro! – ha gridato l'uomo dopo un attimo di sorpresa.

Ma Lia gli ha risposto: – Adesso le faccio vedere come si guida una barca, uomo di poca fede.

– Lia, cosa hai fatto!? – ho esclamato.

– Sta' tranquilla, Valentina, so il fatto mio. Dammi l'altro remo e sta a guardare.

– Tornate indietro! Tornate indietro! – gridava l'uomo dalla riva.

Ma la barca aveva preso l'abbrivio e si stava avvicinando al centro del fiume.

– Lia, non allontaniamoci troppo – ho detto a mia cugina.

– Voglio arrivare sull'altra riva e passare sotto quegli alberi. Poi torniamo indietro.

La corrente, però, era più veloce di quello che sembrava dalla riva. E Lia faceva fatica a remare e a tenere la barca diritta.

Allora ho pensato di aiutarla e le ho detto: – Dammi un remo.

Mi sono seduta accanto a lei, e Lia mi ha detto: – Fai come faccio io.

Ma io non avevo mai remato in vita mia. E quando ho affondato il remo nell'acqua, mi stava sfuggendo di mano. Allora l'ho tenuto solo di poco sotto il pelo dell'acqua. Ma l'effetto è stato che sono finita a gambe all'aria.

Lia si è messa a ridere.

– Si fa così – mi ha detto. – Guarda.

La voce dell'uomo che si sbracciava dal molo, ormai ci arrivava come un flebile richiamo. E Lia si stava eccitando moltissimo.

– È inutile, non ci riesco – le ho detto.

– Be', pazienza. Almeno ci hai provato. Adesso possiamo tornare indietro.

– Secondo me il tipo ci picchia.

– Sembra un orso ed è capace di farlo. Accostiamo la barca vicino all'altro attracco. Così poi va a riprendersela da solo.

– Dovremo remare contro corrente.

– Vedrai che ci riesco.

Ma per quanti sforzi facesse, Lia non riusciva a governare la barca, che a un certo punto si è messa a ruotare su se stessa.

Poco dopo è passato un battello, e il pilota ha cercato di evitarci. Ma la barca è rimasta presa nella sua scia e ha cominciato a ondeggiare come se si trovasse nel vortice di una tempesta.

– Oddio, ho perso un remo! – ha gridato Lia.

Io ho cercato di contenere i movimenti disordinati e le oscillazioni della barca. Ma è stato tutto inutile.

Quando si è capovolta, ho urlato: – Lia!

Lia ha urlato: – Valentina!

E siamo finite in acqua tutte e due.

Non so come, ma siamo riuscite ad aggrapparci allo scafo della barca. Gli occhi mi bruciavano e cercavo di sputare l'acqua che avevo ingoiato.

– Lia... Lia... aiuto! Io non so nuotare tanto bene.

– Stammi vicina... E non lasciare la presa della barca.

Poi abbiamo sentito qualcuno che gridava: – Resistete, arriviamo!

Ho girato la testa, e ho visto venire verso di noi una canoa con tre canottieri a bordo. Due sono saltati in acqua e si sono avvicinati con poche bracciate.

– State ferme e non lasciatevi prendere dal panico – ci hanno detto.

Era l'ultima cosa che volevo. Perciò mi sono lasciata afferrare sotto un'ascella e, sputando acqua, mi sono fatta issare a bordo della canoa. Lia mi ha raggiunta subito dopo e i canottieri ci hanno chiesto: – Dove credevate di andare?

«SALVE!» IL BARCAIOLO È INFURIATO

Io speravo che al punto di approdo non ci fosse l'uomo al quale Lia aveva rubato la barca. Invece c'era. E dopo essersi sincerato che eravamo vive, si è messo a urlare: – Questa me la pagate!

Ma i canottieri che ci avevano salvate lo hanno allontanato a forza di spinte ripetendogli: – Stia calmo, stia calmo. Non vede che sono mezzo tramortite? Forse sarà necessario praticare la respirazione bocca a bocca almeno a quella con le trecce. Non mi piace il colorito della sua faccia.

Io però ho subito detto: – Non c'è bisogno di nessuna respirazione bocca a bocca. Respiro bene da sola.

– Meglio così, allora. Ma siete bagnate fradice. Non c'è nessuno che abbia una coperta in cui avvolgerle?

Qualcuno è uscito da un bar lì vicino e ha detto: – Gli si può dare solo un bicchiere di latte caldo o un cappuccino.

Allora ho chiesto a Lia: – Funziona ancora il tuo telefonino?

– Credo di sì. Dovrebbe essere a prova d'acqua.

Ha aperto il marsupio, ha preso il telefonino e io le ho fatto fare il numero di casa.

Poi le ho detto: – Passamelo.

Per fortuna mi ha risposto mio padre.

– Papà, vieni con l'auto ai Murazzi, vicino al ponte di piazza Vittorio.

– Cos'è successo?

– Per fortuna niente di grave. Ma io e Lia siamo da strizzare.

– Vengo subito.

– Ti aspettiamo.

Poco dopo una donna è arrivata con un asciugamano e ha detto: – Lasciate che vi asciughi almeno la faccia. Siete cascate in acqua?

– Sono state speronate da un battello – le ha risposto uno.

– Non dica sciocchezze – lo ha ripreso un altro. – La barca si è capovolta perché erano due inesperte.

– E come mai erano da sole? Chi è stato quell'incosciente che ha affidato una barca a due bambine?

L'incosciente si è fatto largo tra la piccola folla e ha urlato: – La barca è mia. Ma non gliel'ho affidata. Me l'hanno rubata. Per fortuna sono riusciti a recuperarmela. Ma a queste due non gliela faccio passare liscia.

– Buono, buono, le lasci respirare.

– L'ospedale non è lontano. Che ne dite di fare una capatina al pronto soccorso? Magari c'è qualcosa di rotto.

– Non c'è proprio niente di rotto – mi sono affrettata a dire. – E ho già telefonato a mio padre. Sta per arrivare.

– Venite, un bicchiere di latte bollente vi farà bene.

Lia continuava tossire e a sputare. A me, invece, bruciavano gli occhi.

– Ci è andata bene – le ho detto sottovoce.

– Puoi dirlo. Il fiume era sporco da fare schifo.

– Se non ci fossero stati i canottieri...

– Mi dispiace, Valentina. Se il battello non fosse passato troppo vicino...

Mio padre è arrivato un quarto d'ora dopo. Doveva avere corso come una furia, perché da casa nostra ai Murazzi ci va almeno mezz'ora, se non c'è traffico.

– Presto, salite in macchina – ci ha detto. – Sembrate uscite da una lavatrice.

– È lei il padre di queste due indiavolate? – gli ha chiesto il padrone della barca.

Ma mio padre non gli ha risposto. E, sgommando, è ripartito.

Dato che la vasca è una sola, nell'acqua calda che ci aveva fatto trovare mia madre, siamo entrate insieme io e Lia. Mia madre ha frizionato le spalle a tutte e due e ci ha mandate subito a letto.

– Pensi che sia il caso di chiamare il medico? – le ha chiesto mio padre.

– Aspettiamo e vediamo. Se compare la febbre...

– Da non credere – ha detto Lia, quando siamo rimaste da sole in camera. – Se venisse a saperlo mia madre, le verrebbe una crisi isterica. La tua, invece, non ha fatto una piega ed è entrata subito in azione. L'avessi io una madre e un padre come i tuoi!

Io avevo voglia di dormire. Ma mi veniva da tremare al pensiero che avevo rischiato di finire in fondo al Po. Se fossi annegata, chissà dove mi avrebbero ripescata. Magari alla foce del fiume, sul mare Adriatico! Sarei stata bruttissima da vedere. So che gli annegati, quando affiorano dall'acqua, sono gonfi e deformati.

Tuttavia non mi sono addormentata con questa immagine negli occhi. Mi sono soffermata invece sull'altra, quella del canottiere che avrebbe voluto praticarmi la respirazione. Era molto carino e non gli avevo detto nemmeno grazie per avermi salvata.

– Forse domani ne parleranno i giornali – ha detto Lia. – Ma vedrai che cambieranno tutto. Magari diranno che ci siamo lanciate dal ponte o che siamo cadute dal battello. E chissà, invece di parlare di due bambine, diranno che eravamo due giovani donne. Mi chiedo se preciseranno che eravamo due amiche o due sorelle. A nessuno, credo, verrà in mente di scrivere che eravamo cugine.

IL DOTTORE RACCONTA

Ma i giornali non ne hanno parlato affatto. Era come se non fosse successo nulla.

Stamattina ho telefonato a Ottilia e le ho detto: – Ieri ho rischiato di annegare.

– E dove, nella vasca da bagno?

– No, stavo andando a picco nel Po.

– E scommetto che c'era Lia con te.

– Sì.

Alla fine del mio racconto, Ottilia mi ha detto: – Vengo da te oggi pomeriggio.

Poi ho telefonato a Tazio.

– Adesso stai bene? – mi ha chiesto.

– Ho solo il raffreddore e il naso chiuso.

– Era il minimo che potesse capitarti. Posso venire a trovarti?

– Vieni prima di cena.

La giornata l'ho passata in pigiama e Lia ha continuato a lamentarsi: – Mi brucia la gola.

– Resta a letto. Latte caldo e miele dovrebbero bastare – le ha detto mia madre. – Febbre non ne avete e non credo che valga la pena chiamare il medico. O volete che vi faccia dare un'occhiata? Ma sì, forse è meglio.

Il nostro medico di famiglia è arrivato un paio d'ore più tardi.

– Raccontatemi tutto – ha detto sedendosi tra il mio letto e quello di Lia.

– Ah, è così? – ci ha chiesto dopo che gli ho riassunto i fatti. – Avete ingoiato molta acqua?

– Abbastanza – gli ho risposto.

– Allora cominciamo da te. Scopriti il petto e la pancia.

Il medico mi ha auscultato il petto e la schiena, mi ha detto di aprire la bocca, mi ha guardato dentro gli occhi e nelle orecchie.

A Lia ha fatto le stesse cose, ma in più, mentre l'auscultava, le ha chiesto di ripetere 33 quattro o cinque volte.

– A me non ha detto di ripetere 33 – gli ho fatto notare.

– Avevo un dubbio su tua cugina.

– Cos'hanno, dottore? – gli ha chiesto mia madre.

– Un semplice raffreddore.

– Meno male – ha sospirato Lia. – Pensavo che mi avrebbe prescritto delle iniezioni. Le odio.

Il medico ha riso e ha detto: – E vedete di non andare più in barca da sole. Anche se ve lo dice uno al quale, un giorno, è capitato esattamente quello che è capitato a voi.

– Davvero?

– Avevo più o meno la vostra età ed ero entrato in barca con l'intenzione di navigare lungo il Po, dalle parti di Moncalieri. Ma dopo un centinaio di metri, ho urtato un tronco che andava alla deriva, e sono finito in acqua.

– E da chi è stato salvato? – gli ho chiesto incuriosita.

– Dal mio cane. Era nella barca con me, mi ha afferrato per il collo della camicia e mi ha riportato a riva. Non ce ne sarebbe stato bisogno, se non avessi battuto la testa contro il tronco e non fossi rimasto stordito. Ma Blek, in quella occasione, ha assolto bene al suo compito. Lei, di sicuro, non mi sarebbe stata di grande aiuto – ha concluso indicando Alice, che se ne stava appollaiata su una sedia e sembrava intenta ad ascoltare la storia.

– Me ne vado – ha detto il medico alzandosi. – Ho ancora un paio di visite da fare. Se ci sono complicazioni, chiamatemi. E tu non offenderti – ha detto facendo una carezza ad Alice. – In fondo, sei solo una gatta.

Alice ha miagolato e gli ha mostrato i denti.

Alle cinque è arrivata Ottilia.
– Ancora in pigiama? – mi ha chiesto.
– Sono stata a letto fino a poco fa – le ho risposto.
– Ciao, Ottilia – le ha detto Lia.
– Ciao. Mi sembri più malmessa di Valentina. Hai la faccia rossa e gli occhi lucidi. Ti sei presa la bronchite?

– Il medico dice di no.

– Secondo me, tu ti butti troppo allo sbaraglio.

– Io sono una che ha coraggio – ha replicato Lia, stizzita.

– Sarà.

Ottilia è rimasta con noi un'oretta, e quando è andata via, è arrivato Tazio.

Lia lo ha fissato tutto il tempo in cui è stato con me, e quando se n'è andato, mi ha chiesto: – È il tuo ragazzo?

– No.

– È molto carino. Che cosa gli piace? Vorrei fargli un regalo.

– Oh, Lia! Ma tu sei solo capace di fare regali?

– Mi piace fare regali. Credo che così, poi, gli altri mi vogliano più bene.

– Uno può volerti bene anche senza ricevere regali.

– A me, però, finora non è mai capitato.

FRUGARE NEI CASSETTI DEGLI ALTRI

Oggi stavo molto meglio. Lia, invece, era ancora raffreddata.

– Valentina, ho bisogno di piselli surgelati – mi ha detto mia madre verso le dieci. – Te la senti di scendere a comprarli?

– Sì.

– I soldi sono sul tavolo.

La cassiera del piccolo supermercato sotto casa mi ha trattenuta cinque minuti.

– Ma davvero hai rischiato di annegare? – ha continuato a chiedermi.

Alla fine le ho detto: – Non so chi ha diffuso questa voce. È completamente falsa.

– Eppure ne ha parlato il quotidiano cittadino.

– Ah, sì? E quando?

– Ieri. C'era un trafiletto nella pagina della cronaca.

– Strano, ci è sfuggito. Ha una copia del giornale?

– No, l'abbiamo buttato.

Tornata a casa, sono andata nella mia camera per riferire a Lia la notizia.

– Alla fine avevi ragione – ho detto aprendo la porta. – Sembra che il giornale abbia parlato del nostro...

Ma mi sono bloccata con la mano sulla maniglia della porta, quando ho visto che Lia stava frugando in un cassetto della mia scrivania, e aveva in mano il mio diario.

– Che cosa... che cosa stai facendo? – le ho chiesto diventando rossa.

– Io... niente... cercavo... cercavo... un fermaglio per i capelli. Pensavo che ne avessi uno da qualche parte nella tua scrivania e...

– Chiudi quel cassetto.

– Dai, non arrabbiarti. Non ho rubato niente.

– Hai letto il mio diario?

– È questo? No, l'ho preso in mano per cercare meglio nel cassetto...

– Dammelo.

Lia mi ha dato il diario ed è andata a sedersi sul letto di Luca.

– Per un momento ho avuto la tentazione di leggerlo – mi ha detto. – Ma non l'ho fatto.

– Pensavo di potermi fidare di te.

– Ho frugato nel tuo cassetto per curiosità. Ma non avrei preso niente e non avrei letto il tuo diario.

– Come faccio a crederti?

– È la domanda che mi fa spesso mia madre. È per questo che sono diventata brava a dire bugie. Tanto lei non mi crede mai. E neanche tu.

– Io... è la prima volta che sorprendo qualcuno a frugare tra le mie cose.

– Non posso farci niente. Dato che nessuno si confida mai con me, ho una voglia matta di scoprire i segreti degli altri. A casa non faccio altro che frugare nei cassetti di mia madre. Ma, a parte la biancheria raffinata che si compra almeno una volta la settimana, lei non ha mai tenuto un diario, né scritto una lettera. Eppure di segreti deve averne parecchi, sennò non litigherebbe tanto spesso con mio padre.

Io ho continuato a stringere il diario fra le mani, e Lia mi ha chiesto: – Puoi rimetterlo tranquillamente dov'era. Devi credermi, non cercherò di leggerlo mai. Tu sei diversa dalle mie compagne. In questi giorni non mi hai trattata male e a te non farei mai un torto.

Ho rimesso il diario nel cassetto, ma non ero sicura che ce lo avrei lasciato finché Lia fosse rimasta a casa nostra.

– Che cosa ci scrivi? – ha voluto sapere quando sono andata a sedermi dietro la scrivania.

– Quello che mi passa per la testa.

– Se scrivessi io quello che mi passa per la testa, credo che riempirei un quaderno al giorno. Ma non mi piace scrivere. Faccio una fatica enorme a tenere la penna in mano. È la mia testa che lavora in maniera impressionante. Sono certa che se riuscissi a mettere sulla carta le cose che si affollano nel mio cervello, poi mi sentirei più leggera e starei meglio. Ma non riesco a decidermi. Tu, invece, scrivi molto, vero?

– Così così.

– E cosa scrivi? Non puoi essere più precisa?

Come facevo a dirle che in quelle pagine parlo di mia madre, di mio padre, di mio fratello, di Ottilia, di Tazio oltre che, ovviamente, di me? Come facevo a spiegarle che spesso annoto i sogni che faccio la notte e quelli che coltivo a occhi aperti quando mi affaccio alla finestra o leggo un libro?

– Parlo dei fatti che mi succedono e delle persone che conosco – le ho risposto.

– E in questi giorni, hai parlato anche di me?

– In questi giorni non ho avuto tempo di scrivere niente.

– Pensi di farlo quando me ne sarò andata?

– Non lo so. Può darsi.

– Perché non mi mandi la pagina che scriverai? Forse mi aiuteresti a conoscermi meglio. E chissà, potrebbe venirmi voglia di tenere anch'io un diario.

– Ci penserò.

– Che cosa stavi dicendo quando sei entrata?

– La cassiera del supermercato dice che il giornale ha parlato del nostro incidente.

– Non me ne importa niente. Non voglio più pensarci. Adesso sto pensando un'altra cosa. Vorrei invitare te, Ottilia e Tazio a… pranzo.

– E dove? In un ristorante di lusso?

– In un self-service che ho visto all'angolo della piazza. Sarà un modo per stare insieme tutti e quattro. Magari mia madre telefona dopodomani e mi dice di tornare a casa. E la mia vacanza è già finita.

– Se questa è una vacanza…

– Per me lo è, Valentina. A casa tua sto proprio bene. Tua madre è una donna deliziosa e tuo padre non alza mai la voce. Allora, pensi che ci staranno Ottilia e Tazio a pranzare con noi?

– Bisognerebbe chiederglielo.

– Telefoni tu?

– D'accordo.

LASAGNE, CROSTATA, BUDINO, CREMA, GELATO...

Tazio e Ottilia hanno detto di sì.

Mia madre ha storto un po' il naso.

– Attenta a cosa scegli, Valentina – mi ha detto. – Quel self-service lo conosco anch'io, e non mi fido tanto.

– Nessuno di quelli che lo frequentano è mai stato avvelenato, mamma.

– Può darsi. Ma corrono delle voci, e nelle cucine non sai mai cosa combinano.

– Zia, oggi la gente mangia per lo più fuori casa – ha detto Lia.

– Non mi sembra un gran vantaggio.

Lia si è rivolta a mio fratello e gli ha chiesto: – Vuoi venire anche tu?

– No, non vengo a mangiare i lombrichi e le lumache – ha risposto Luca.

– Di cosa parli?

Ma Luca non le ha risposto e Lia si è fatta una gran risata.

Mentre aspettavamo sotto casa Ottilia e Tazio, Lia mi ha detto: – Non avrai creduto che volessi invitare davvero tuo fratello! Ero certa che mi avrebbe risposto di no. Stamattina tua madre mi ha detto che Luca odia i ristoranti.

– Ciao – ha detto Ottilia.

– Ciao – ha detto Tazio.

– Andiamo – ha detto Lia, mettendosi in testa.

Il self-service non era ancora molto affollato. Perciò ci abbiamo messo poco a servirci.

Il vassoio più ricco era quello di Lia.

– Come farai a mangiare tutta quella roba? – le ho chiesto.

– Vedrai che ci riesco.

– Sei sicura che ti basteranno i soldi? – le ha chiesto Ottilia.

– Quelli mi bastano sempre.

– Beata te. Vorrei avere io dei genitori ricchi come i tuoi.

– Non te lo auguro.

Queste parole ci hanno fatto alzare gli occhi su Lia, ma lei ha abbassato i suoi sul vassoio e ha detto: – Buon appetito, ragazzi. Dateci sotto.

– Tu cosa hai preso? – mi ha chiesto Ottilia.

– Penne con melanzane e ricotta.

– Come sono?

– Buone.

– Questo risotto con lo zafferano e le cozze, invece, è una delusione. E tu cosa stai mangiando di buono? – ha chiesto a Lia.

– Non lo vedi? Lasagne.

– *Buon appetito, ragazzi. Dateci sotto!*

Tazio aveva preso dei sedanini con pezzi di pomodoro e Lia gli ha detto: – Credevo che avresti preso un hamburger.

– Perché?

– Non so. Mi ero fatta questa idea.

– Preferisco la pizza.

– Se volete, domani sera vi offro anche quella.

– Basta offrire, Lia – le ho detto. – Se andiamo a mangiare la pizza, ciascuno paga la sua.

– Ma dai, approfittatene. Ho ancora duecentomila lire.

– Duecentomila! – ha esclamato Ottilia. – Io non riesco a metterli insieme nemmeno in un anno. Secondo me i tuoi genitori esagerano.

– Dandomi tanti soldi, si sentono la coscienza più tranquilla.

Lia ha mangiato tutto, poi si è alzata ed è andata a comprare un pezzo di crostata, un budino e un scodellina di crema.

– Non hai mica spazio nella pancia per

mettere tutta quella roba – ha osservato Tazio.

– A volte mi piace fare delle scommesse – ha detto Lia. – Scommettiamo che torno a casa di Valentina pimpante come un passerotto?

– Io non scommetto – ha detto Ottilia. – Anche se sono certa che vincerei io. Tu, tra poco, vomiti.

– Vedremo.

Usciti dal ristorante, Lia ha voluto comprare il gelato per tutti.

– A me anche con un bel po' di panna – ha detto al barista.

– Con piacere, signorina – ha detto il ragazzo. Che però ha aggiunto: – Mi sembra che abbia un po' gli occhi appannati. Ha sonno o ha mangiato troppo?

– Si faccia i fatti suoi – gli ha risposto Ottilia.

– Con piacere, signorina. Il cliente ha sempre ragione.

Dopo aver finito il gelato, Lia è riuscita a

fare solo una decina di passi. Poi ha detto:
– Aiutatemi, sto male.

Io l'ho presa per un braccio e sono riuscita a farla sedere su una panchina, prima che cominciasse a vomitare.

Tazio e Ottilia sono rimasti a guardare da lontano, io ho stretto il naso e ho retto la fronte di Lia mentre si liberava di tutto il cibo che aveva ingurgitato.

Quando ha finito, le lacrimavano gli occhi ed era tutta sudata.

– Tieni, pulisciti con questa – le ho detto dandole una salviettina bagnata.

– Gra… grazie – ha balbettato pulendosi la bocca e scostandosi i capelli dagli occhi.

Dopo aver respirato profondamente, mi ha detto: – Possiamo andare.

Tazio e Ottilia ci hanno accompagnate fino a casa, hanno salutato e sono andati via.

In casa mia madre non c'era. Per fortuna avevo la chiave.

– Vai a stenderti sul letto – ho detto a Lia. – Ti preparo una tazza di tè.

Sono tornata da lei poco dopo con una tazza di tè alla menta, e l'ho trovata che piangeva.

– Che scema... che scema... che scema – balbettava tra i singhiozzi. – Perché faccio queste cose? Tu me lo sai dire, Valentina? Ma adesso basta, basta! Questa lezione mi è servita per sempre.

– Meno male! – ho detto sedendomi sul letto accanto a lei e mettendole un braccio sulle spalle. E ho aggiunto: – Se avessi meno soldi, sarebbe difficile che accadesse.

– Forse potrei usare in modo diverso quelli che ho. Ma non so come si fa. Nessuno me lo ha mai insegnato.

Lia ha sorseggiato il tè, e quando ha finito ha detto: – Vorrei chiudere gli occhi.

– Tiro giù le tapparelle e faccio buio. Un bel sonnellino a volte fa miracoli.

Mentre lei dormiva, o sonnecchiava, sono andata a preparare dell'altro tè per me. Però alla pesca, non alla menta.

UN LAVORO DA SERVA?

Oggi Lia mi ha accompagnata da Sergio.

– Com'è? – mi ha chiesto mentre salivamo le scale per andare da lui.

– Lo vedrai.

– Ciao, Valentina – mi ha salutato Genoveffa. – Ah, non sei sola.

– Questa è Lia, mia cugina.

– Ciao, Lia. Valentina, io devo proprio scappare. Conto di essere di ritorno per le sei precise.

– Dov'è Sergio?

– Nella sua cameretta.

Sergio si è affacciato nell'ingresso e ha guardato Lia con sospetto.

– Chi sei? – le ha chiesto.

– La cugina di Valentina.

– Te ne devi andare. Io devo stare solo con lei.

– Non disturberò mica. A cosa stai giocando?

– Non ti riguarda.

– Come sei scorbutico!

– Ritira subito quella parola.

Lia è scoppiata a ridere e ha detto: – Non è una parolaccia. Vuol dire solo che... Ah, stai giocando con le carte! Io sono brava a fare i trucchi con le carte. Vuoi che te ne faccia uno?

Sergio è stato sul punto di rispondere no, ma poi ha offerto le carte a Lia.

– Sediamoci tutti e tre per terra – ha detto Lia.

Ha mescolato le carte, e ha detto a Sergio: – Scegline una.

Sergio ha scelto una carta, l'ha guardata a lungo e Lia gli ha detto: – Infilala nel mazzo.

Sergio l'ha infilata.

– Scommetti che so dirti qual era la carta che hai scelto?

Sergio non le ha risposto e Lia ha cominciato a scoprire le carte a una a una.

– È questa! – ha detto a un certo punto, sbandierando un asso di denari.

Sergio ha dapprima spalancato gli occhi, poi si è ripreso e ha detto: – No, non è quella.

– Non è possibile – ha detto Lia

– Ti dico che non è quella – ha insistito Sergio.

– E qual è? – gli ha chiesto Lia.

– Era un'altra.

– Il due di coppe, forse?

– No, era quella col cavallo.

– Che strano. Eppure il trucco mi riesce sempre.

– Perché non me lo insegni?

– Perché con te non ha funzionato.

Sergio ha battuto un pugno sul pavimento e se n'è andato nel soggiorno.

– Che imbroglione – ha detto Lia. – La carta era quella, ma lui ha detto di no per non darmi la soddisfazione di avere indovinato. E io non gli insegno il trucco. Così impara.

Sergio si è occupato delle sue figurine

per quasi tutta l'ora in cui è mancata sua madre. Ma prima che arrivasse, ha alzato gli occhi dall'album, e ha detto a Lia: – Prima ho detto una bugia. E adesso insegnami il trucco.

Lia glielo ha spiegato un paio di volte, ma non sono certa che Sergio lo abbia capito. A ogni modo, appena sua madre è entrata in casa, le è andato incontro e le ha detto: – Vieni, voglio farti un trucco con le carte.

– Ci sai fare con i bambini – ho detto a Lia mentre tornavamo a casa.

– Devi essere furba come loro. E io, da piccola, devo essere stata proprio come lui.

– Hai mai pensato di fare la babysitter?

– No, ma potrei provarci. Così mi guadagnerei dei soldi che sarebbero davvero miei. Ma credo che mia madre non me lo permetterebbe. A lei non passerebbe mai per la mente che io possa assumermi delle responsabilità. E poi direbbe che sua figlia non può fare un lavoro da serva.

TRAPPOLE PER TOPI

– Valentina, non c'è più vino – mi ha detto mio padre prima di cena.

Ho preso le chiavi della cantina e ho chiesto a Lia: – Vuoi venire con me?

In cantina abbiamo parecchie cose: una vecchia libreria, dei secchi di calce, qualche barattolo di vernice, scatole di cartone, giocattoli rotti, un paio di sedie sgangherate.

Ci sono anche dei bottiglioni di vino, che mio padre compra da un amico che possiede una vigna nei dintorni di Ivrea.

– È un vino buono – mi dice. – E un bicchiere santifica ogni pasto.

– Posso assaggiarlo? – gli ha chiesto in più occasioni Luca.

– No, per i bambini va bene l'acqua – gli risponde regolarmente mio padre.

Per scendere in cantina, è necessario accendere la luce. Laggiù è davvero buio e si rischia di sbattere il naso.

– C'è molta umidità – ha osservato Lia.

– Siamo nel sottosuolo, no?

– Nella nostra villa, la cantina è un grande locale accanto al garage. È asciutto e ci possono stare anche il formaggio e il prosciutto.

– Non ci sono topi dalle vostre parti?

– Da noi sicuramente no.

– Qui, purtroppo, ogni tanto si fanno vedere.

– E quelle cosa sono? – mi ha chiesto Lia indicando delle scatolette con un foro su un lato.

Era la prima volta che le vedevo nei passaggi della cantina, ma non ho fatto fatica a indovinare cosa fossero.

– Devono essere trappole per topi – ho detto.

– Che crudeltà! – ha esclamato Lia. – Una volta ho letto che quando i topi mangiano i bocconi avvelenati, prima di morire, soffrono una terribile agonia.

Lia si è chinata a osservare da vicino una delle scatolette, e ha mormorato: – Valentina, dobbiamo fare qualcosa.

– Cosa?

– Buttare via queste trappole. Non possiamo avere sulla coscienza una strage di animaletti.

– Sono topi.

– Ma soffriranno tanto.

Mi sono guardata intorno, e ho visto un sacco nero della spazzatura mezzo vuoto.

– Possiamo metterle lì dentro – ho detto. – E poi andiamo a gettare il sacco. È buio e non ci vedrà nessuno.

– Dai, cominciamo a raccoglierle – ha detto Lia con foga.

– Attenta a non toccare le bustine con il veleno.

Abbiamo impiegato quasi dieci minuti a raccogliere tutte le scatolette. E ogni volta che ne sollevavo una, speravo che dentro non ci fosse già un topo morto. Le luci della cantina si spegnevano ogni novanta secondi, e mi affrettavo a riaccenderle premendo il pulsante del più vicino interruttore.

– Non dovrebbero essercene altre – ho detto alla fine. – Possiamo andare a buttare il sacco.

Il sacco, però, pesava parecchio.

– Io lo afferro da una parte e tu dall'altra – ho detto a Lia.

E come due ladre, strisciando lungo i muri del caseggiato, abbiamo percorso i cento metri che ci separavano dal cassonetto dell'immondizia.

– E adesso andiamo a lavarci le mani – ho detto.

Nel bagno siamo rimaste cinque minuti buoni, e abbiamo consumato quasi un intero contenitore di sapone liquido.

Quando siamo andate in cucina, mio padre mi ha chiesto: – Dov'è il vino?

– Pensi che capiranno che siamo state noi? – mi ha chiesto Lia quando siamo andate a letto.

– Non ci ha viste nessuno. E comunque non credo che sia servito a molto. Vedrai che domani le rimettono di nuovo.

– Mi prometti che le toglierai ogni volta?

– Lia, da sola non potrei farcela.

– Potresti farti aiutare da tuo fratello.

– Luca ha un vero terrore dei topi.

Lia ha sospirato e ha detto: – Domani voglio fare una passeggiata con te in centro. Prima di andarmene, voglio che tu mi faccia vedere i posti più belli della tua città. E a mezzogiorno pranziamo fuori.

– In un altro self-service?

– Lascia perdere. Questa volta ci mangiamo una pizza e basta. Devono esserci sicuramente dei ristoranti che la fanno anche a mezzogiorno.

UN BARBONE, UNA STORIA

Sia Lia, sia io, abbiamo indossato i nostri vestiti migliori e abbiamo preso il pullman che ci ha portate fino in piazza Castello.

La giornata era fresca, ma c'era il sole.

Lia si guardava intorno incuriosita.

– Non dimenticherò mai i giorni che ho passato con te e con i tuoi, Valentina – mi ha detto a un certo punto. – Un giorno vorrei che venissi tu da me. Accetteresti il mio invito?

– Sì.

– Potresti venire la prossima estate e passare una settimana in riva al lago. Ti mostrerei i posti dove vado a nascondermi quando non voglio vedere gente. Sono certa che i miei, se stanno ancora insieme, non diranno di no. In fondo è giusto che ricambino il favore che avete fatto loro ospitandomi da voi. Aaaah, che aria fresca e frizzante!

– Viene dalle montagne.

– Si sente.

A mezzogiorno ci siamo trovate davanti a una pizzeria e siamo entrate.

– Si può mangiare la pizza? – abbiamo chiesto.

– Sì, oggi la facciamo anche a pranzo. Accomodatevi – ci ha risposto il pizzaiolo.

Mentre aspettavamo che venisse a prendere le nostre ordinazioni, ho ripensato alla pizzeria italiana a Zurigo, a Rocco e a Claudio.

Avevano inventato la «pizza Valentina», e mi sono aspettata di vederla segnata tra le pagine del menù che una cameriera ha messo sul tavolo.

Ho aperto il menù, ho chiuso gli occhi, li ho riaperti e mi sono messa a ridere.

– Perché ridi? – mi ha chiesto Lia.

– Perché sto pensando a Zurigo.

– Non capisco.

Allora le ho raccontato tutto.

– Credi che anche qui inventerebbero la «pizza Lia» e la «pizza Valentina»? – mi ha chiesto Lia.

– Quella era una occasione speciale, e Rocco era di buon umore. Qui, invece, vedo solo facce ingrugnite. Scegliamo dal menù, è meglio.

E dal menù abbiamo scelto due semplici pizze Margherita. Le abbiamo mangiate di buon appetito, ma Lia si è fatta di colpo triste e taciturna.

– Sei preoccupata? – le ho chiesto.

– Al contrario. Non sono mai stata tranquilla come in questo momento. È che mi chiedo quando ci capiterà di nuovo di stare da sole davanti a una pizza.

– La vita è piena di sorprese – le ho detto.

Quando siamo uscite, ci siamo prese per mano e ci siamo avviate sotto i portici di via Roma.

– Qui ci sono probabilmente i negozi più eleganti della città – ho detto a Lia.

– Allora sono i primi nei quali entrerebbe mia madre.

– E gli ultimi nei quali entrerebbe la mia.

– Guarda, i barboni non mancano in nessuna città – ha detto Lia indicando un uomo seduto per terra. Aveva la giacca sformata, una barba incolta e un cappello che aveva rovesciato sul marciapiede per raccogliere l'elemosina.

– Hai mai parlato con un barbone? – mi ha chiesto Lia.

– Non ne ho mai avuto l'occasione.

– Mi piacerebbe sapere come si finisce sulla strada. Quell'uomo, per esempio, avrà certamente una lunga storia da raccontare. Ha figli? Ha moglie? E come vive? Vieni, voglio andare a chiederglielo. Prima, però, devo dargli una bella somma di denaro. Così parlerà più facilmente.

SCAPPIAMO, SCAPPIAMO!

Lia si è avvicinata al barbone, e dopo aver messo due banconote da diecimila nel cappello, gli ha chiesto: – Ha voglia di parlare un po' con noi? Sa, stiamo facendo una ricerca e ci interessano delle informazioni.

– Andate via – ha detto l'uomo a denti stretti.

A quelle parole, siamo rimaste di sasso. Poi Lia ha replicato: – Lei non sa proprio farlo il barbone.

– Vi ho detto di togliervi dai piedi. E in fretta.

– Ed è anche rozzo e volgare – ha aggiunto Lia. – È così che si risponde a chi le ha appena fatto una generosa elemosina? Scommetto che nessuno le ha mai dato tanto.

– Spostati, mi impedisci di vedere il bordo del marciapiede.

– Che c'entra il bordo del marciapiede?

A quel punto l'uomo è sbottato e, cercando di controllare la voce, ha detto a Lia: – Io non sono un barbone. Sono qui per un appostamento e tu stai per mandare all'aria il mio lavoro!

Allora ho detto a Lia: – Sarà meglio allontanarci. Qui c'è qualcosa che non quadra.

– Se è così, mi riprendo i miei soldi.

Lia si è chinata per riprendere dal cappello i due biglietti da diecimila, ma una donna, che passava in quel momento, le ha detto: – Che vergogna! Stai cercando di derubare quel poveraccio?

– Guardi che si sbaglia. Non ha capito, quei soldi sono miei – ha detto Lia. – È che c'è un problema.

– Il problema ci sarà se non lasci quei soldi. Adesso chiamo un vigile e...

Ma la donna non ha finito di parlare e Lia non è riuscita a prendere i soldi.

L'uomo seduto per terra è di colpo schizzato in piedi e, urlando a un altro barbone poco lontano: – È lui! È lui! – si è messo a rincorrere un giovane che stava stringendo la mano a un altro.

L'uomo, però, non ha fatto più di tre passi, perché qualcuno gli ha fatto uno sgambetto e lo ha atterrato.

– Scappiamo, scappiamo! – ho gridato a Lia.

Ma il tizio che aveva atterrato il finto barbone, quando ne ha visto avvicinarsi un altro con una pistola in mano, ha messo un braccio intorno al collo di Lia e si è fatto scudo con mia cugina.

– Indietro, indietro o l'ammazzo! – ha urlato, stringendo Lia sempre più forte.

Lia aveva la faccia rossa, faceva fatica a respirare e mi guardava con occhi terrorizzati.

Allora mi sono avvicinata all'uomo che con la mano sinistra brandiva anche lui una pistola, e ho balbettato: – Lasci andare mia cugina... La lasci andare, per favore...

Ma l'uomo continuava a urlare a tutti di stare indietro e non si è nemmeno accorto di me. Stava strozzando Lia e non se ne rendeva conto. Io sì, però. Perciò non ho pensato a niente di meglio che a mordergli il braccio con cui stringeva il collo di mia cugina.

Quando i miei denti sono affondati nel suo braccio, l'uomo ha urlato e ha lasciato andare Lia, che si è afflosciata sul marciapiede. Poi mi ha dato un pugno tremendo sulla tempia destra. Il mondo si è annebbiato e sono caduta accanto a Lia.

NEL POSTO SBAGLIATO, AL MOMENTO SBAGLIATO

Quando sono rinvenuta, il poliziotto-barbone voleva portarmi in ospedale.

– Sto bene... sto bene. Mi porti a casa – gli ho detto.

– Hai preso una bella botta. Forse è meglio se andiamo in ospedale.

– Se le dico che mi reggo bene in piedi.

Mi sono alzata, ma la testa mi girava. Però ho cercato di non darlo a vedere al poliziotto.

– Sei sicura di star bene? – mi ha chiesto Lia con gli occhi pieni di lacrime.

– Sì. E tu?

– Mi sono solo scorticata un braccio cadendo.

Il poliziotto ha detto: – Qui c'è una nostra volante. Salite, vi riaccompagniamo a casa. Siete amiche?

– Siamo cugine e abitiamo nella stessa casa.

Mentre l'auto sfrecciava per le vie della città, Lia mi ha messo un braccio intorno alla vita e mi ha stretta a sé.

– Sei stata coraggiosa – mi ha sussurrato in un orecchio. – Ti fa male la testa?

– No, mi fa male l'orecchio.

Il poliziotto si è girato verso di noi e ha

detto: – Vi siete trovate nel posto sbagliato al momento sbagliato. Se a te non fosse venuta l'idea di farmi l'elemosina...

– La prossima volta mi informerò, prima di tirare fuori i soldi.

– Lo avete preso? – ho chiesto al poliziotto.

– Sì.

– Chi era?

– Uno che ha l'abitudine di avvelenare la gente con la sua polverina bianca. Ma uno che ne vende tanta, eh? Siamo riusciti a bloccarlo dopo lunghi appostamenti. Ma voi, oggi, avete rischiato di mandare tutto all'aria. Be', per fortuna è finita bene per tutti. A parte te, che hai battuto la testa.

– Le ha dato un pugno – ha precisato Lia.
– Me ne sono accorta.

Il poliziotto si è trattenuto a casa mia solo pochi minuti. Ha spiegato a mia madre cos'era successo e, a proposito di me, le ha detto: – Ci tenga informati se insorgono complicazioni.

Mia madre gli ha detto che lo avrebbe fatto e lo ha accompagnato alla porta.

– Ci mancava anche questa – ha detto tornando da me e Lia. – Sei sicura di star bene? – mi ha chiesto abbracciandomi.

– Mi fa un po' male l'orecchio. Ma sono certa che più tardi mi passerà.

Mio padre si è fatto raccontare due volte l'accaduto e mio fratello, durante la cena, guardava me e Lia come se stessimo riferendo le scene di un film.

– C'è stata una sparatoria? – mi ha chiesto.
– No, solo un po' di lotta.

UNA COLLANA COME RICORDO

Sul giornale c'era la notizia che ci riguardava, e mio fratello l'ha letta almeno dieci volte.

– Come mai non ci sono i vostri nomi? – ha chiesto un po' deluso.

– Meglio così – ha detto mia madre. – Non mi sarebbe proprio piaciuto vedere il nome di tua sorella sulle pagine di un giornale.

– Ma così sarebbe diventata famosa!

– Sarebbe finita sulla bocca di tutti.

Ieri sera, dopo cena, è arrivata la telefonata della madre di Lia. E prima di addormentarmi, ho parlato a lungo con mia cugina.

– Sono contenta di averti conosciuta – mi ha detto Lia.

– Anch'io.

– Ti ho messo in pericolo almeno un paio di volte. Forse avrai fretta di dimenticarmi.

– Sono stati incidenti imprevedibili.

– Io di incidenti ne causo parecchi.

– Sei solo un po' distratta.

– No, è che, senza saperlo, me li vado a cercare. Davvero non ce l'hai con me?

– Lia, perché mi fai questa domanda?

– Perché in questi pochi giorni che siamo state insieme, ho imparato a volerti bene, Valentina.

– Anch'io sono stata bene con te, davvero. Hai movimentato le mie vacanze. Tutto qui.

– Mi stai prendendo in giro?

– Lia, tu non credi mai alle parole degli altri?

– Non sono abituata a sentirmi dire delle parole che mi facciano piacere. Perciò voglio essere sicura che siano sincere.

– Se fossimo vicine di casa, credo che faremmo faville, noi due.

– Lo credo anch'io, sai? Invece abitiamo così lontane! Chi l'avrebbe detto che un giorno avrei scoperto di avere una cugina come te? E adesso, dopo pochi giorni, già ti perdo.

– Non per sempre, no?

– Lo spero. Verrai a passare un po' delle tue vacanze estive con me?

– Sì.

– Guarda che ci conto.

Allora ho chiuso gli occhi, e ho provato a immaginare la villa di Lia, la finestra della camera che si affaccia sul lago, il sole che fa capolino, o tramonta, dietro le montagne.

Stavo per addormentarmi con queste immagini, quando Lia mi ha chiesto sottovoce: – Dormi?

– Quasi.

– Io non ho sonno. È stata una giornata troppo turbinosa. Che forza aveva nel braccio quell'uomo! Non l'ho nemmeno visto in faccia. Com'era?

– Aveva uno sguardo cattivo.

– Credi che mi avrebbe uccisa, pur di sfuggire alla cattura?

– Non lo sapremo mai.

– Come ti è venuto in mente di addentargli un braccio?

– Cos'altro potevo fare? Dargli un calcio negli stinchi? Non credo che sarebbe servito a molto.

– Che ne pensi di quel poliziotto-barbone?

– Penso che fa un mestiere pericoloso.
– A te non piacerebbe fare la poliziotta?
– Non ci ho mai pensato.
– A me piacerebbe. Proverei un gran piacere a catturare i banditi più feroci.
– C'è tempo per pensarci.
– Hai ragione. Adesso torniamo a noi. Ho un regalo per te, Valentina.
– Hai speso altri soldi? Non puoi proprio farne a meno?
– Non ho speso un bel niente. È una cosa mia che voglio dare a te.
– Di che si tratta?
– Di una collana.
– Non te ne ho mai vista una addosso.
– Infatti ce l'ho in valigia. Adesso la prendo. Accendi la luce sul comodino.

Lia si è alzata, ha preso una scatolina, l'ha aperta e ha tirato fuori una collana di perle.

– È bellissima! – ho esclamato. – Chi te l'ha regalata?
– Mia madre.
– Allora non puoi privartene.

– È mia e ne faccio quello che mi pare.
– Ma tua madre...
– Mia madre se n'è già dimenticata. Ogni tanto me ne compra una e la mette da parte. L'ho portata solo per fartela vedere e per vantarmi con te. Ma adesso voglio che tu la prenda e la tenga come mio ricordo. Vediamo come ti sta.

Lia mi ha agganciato la collana al collo, e sulla mia camicia da notte le perle hanno cominciato a brillare.

– Ti piace? – mi ha chiesto.
– Moltissimo.
– Portala sempre al collo. Siccome provo una grande gioia nel regalartela, probabilmente ti porterà fortuna.

Lia si è seduta sul mio letto, io ho allargato le braccia e l'ho stretta a me.

– Ti voglio bene, Lia – le ho detto.

Lia ha cominciato a piangere in silenzio, infine si è asciugata gli occhi e ha detto:
– Sono le parole più belle che qualcuno mi ha detto almeno da cinque anni a questa

– È bellissima! – ho esclamato.

parte. Ma adesso basta. Con la botta che hai preso, avrai bisogno di riposare. Mi dimentico sempre che non ci sono solo io al mondo. Buona notte, Valentina.

UNA CUGINA PER AMICA

Oggi pomeriggio, mio padre e io abbiamo accompagnato Lia alla stazione.

– Vieni a trovarci di nuovo – le ha detto mia madre, al momento di salutarla.

– Contaci, zia. Ma tu ricorda di mandare Valentina a casa mia questa estate.

– Ne parlerò con i tuoi genitori un paio di settimane prima che finisca la scuola. Hai preso tutto?

– Credo di sì. Ma non escludo di avere lasciato in giro qualche calzino.

– Te lo conserverò.

In macchina, anche mio padre è stato gentile con Lia.

– Spero che tu sia stata bene con noi – le ha detto.

– Sono stata benissimo, zio. E Valentina è diventata la mia migliore amica.

– Si può essere amica di una cugina? – le ha chiesto mio padre stupito.

– Certamente. Vero, Valentina?

– Sì – ho risposto. Ma facendo una smorfia di dolore e posando una mano sull'orecchio destro.

Lia se n'è accorta e mi ha chiesto: – Cos'hai?

– Mi sembra di sentire un ronzio in questo orecchio.

– È quello dove ti ha colpito il bandito?

– Sì.

Mio padre mi ha lanciato un'occhiata nello specchietto retrovisore e mi ha chiesto: – Ci sono problemi, Valentina?

– No, non credo.

E per distrarre l'attenzione di mio padre e di Lia da me, ho detto a mia cugina: – Anch'io ho un regalo per te.

E le ho consegnato un pacchetto.

– Cos'è?

– Indovina.

– Un libro?

– No, un diario.

Lia ha rigirato il pacchetto tra le mani e ha detto: – Credo che arrivi al momento giusto. Ho tante cose da raccontare, e voglio annotarle su queste pagine una dopo l'altra. Quando vieni da me, te le faccio leggere.

– Il diario è personale e segreto.

– Ma ci sono dei segreti che è bello condividere con qualcuno. E poi in questo diario credo che parlerò soprattutto di te.

L'auto di mio padre è passata proprio davanti al punto in cui l'uomo aveva aggredito Lia e colpito me. Ma lui non lo sapeva. Lia e io, invece, ci siamo guardate, e abbiamo sorriso.

Quel punto di Torino apparteneva a noi due in un modo un po' speciale. Forse un giorno, diventate donne, ci saremmo passate di nuovo, ci saremmo soffermate un momento e io o lei avremmo detto: «Ti ricordi quella volta? Successe proprio qui».

E avremmo ripensato a quando eravamo bambine ed eravamo diventate amiche.

La stazione era molto affollata, e ci siamo fatti strada a fatica fino al treno di Lia.

– Ti conviene salire – le ha detto mio padre. – Altrimenti non trovi un posto per sederti.

– Sì, è meglio, perché devo scrivere.

– Eh, le bambine! – ha esclamato mio padre.

E quella parola, bambine, di colpo mi è sembrata un po' inadatta a indicare me e Lia. In quei giorni avevo l'impressione di essere cresciuta più in fretta.

Lia ha salutato mio padre, e quando ha baciato me, mi ha sussurrato: – Ciao, cugina. Ti aspetto.

Abbiamo atteso che il treno partisse, e, dopo un ultimo saluto a Lia che agitava la mano dal finestrino, siamo andati via.

TIMPANO, OSSICINI...

Appena uscita dalla stazione, però, ho detto a mio padre: – Papà, ho un dolore tremendo all'orecchio destro.

Un'ora dopo eravamo al pronto soccorso, e il medico che mi ha visitata ha detto: – Bisogna ricoverarla per fare degli esami più accurati. Ma credo che l'orecchio sia da operare. Anzi, ne sono certo.

A quel giudizio che sembrava senza appello, mio padre ha spalancato gli occhi.

– Il ricovero lo facciamo domani mattina – ha proseguito il medico. – Presentatevi con questo foglio al reparto di otorinolaringoiatria verso le dieci e mezza.

– Come è possibile?! – ha esclamato mia madre.

– Il pugno deve avere dislocato qualche ossicino o danneggiato il timpano, non so – le ha risposto mio padre.

Mia madre mi ha abbracciata, ma io le ho detto: – Non stringere troppo forte vicino all'orecchio, mamma.

Poi siamo andate a preparare lo zainetto da portare in ospedale.

Nello zaino hanno trovato posto un pigiama e una camicia da notte, uno spazzolino, il dentifricio, le posate, un asciugamano, due paia di calzini bianchi, un contenitore di sapone liquido, alcuni bicchieri di plastica, slip, canottiere e pantofole.

– Direi che può bastare – ha detto mia madre. – Io verrò a trovarti tutti i giorni e vedremo di volta in volta ciò di cui hai bisogno.

– Che rabbia! – ho detto chiudendo la cerniera dello zaino.

– Non ci starai molto – ha cercato di consolarmi mia madre.

– Lo spero proprio.

– Vuoi che lo dica a Lia?

– No. Comincerebbe a dire che è colpa sua. Le telefoniamo quando tutto sarà finito.

– Vuoi andare a coricarti?

– È meglio.

Mio fratello si è stupito di vedermi andare a letto prima di lui.

– È proprio necessario che vai in ospedale? – mi ha chiesto.

– Sembra proprio di sì.

– Hai paura?

– Eccome!

– Allora non andarci.

– Se potessi evitarlo…

– Ti apriranno la testa?

È la prima volta che mi ricovero e ho un bel po' di fifa. Chissà chi dormirà nella stanza con me.

ORSACCHIOTTI DI PELUCHE IN CORSIA

Al reparto mi sono presentata con mia madre, e siamo state accolte da un'infermiera che ha voluto sapere un sacco di cose: la data di nascita, il luogo di residenza, il numero di telefono eccetera.

Quando è stata soddisfatta, ha dato un'ultima occhiata alla cartella clinica che aveva compilato e ci ha detto: – Venite pure con me.

Ho subito notato che nel reparto non c'erano solo bambini. Nel corridoio passeggiavano anche uomini e donne, anziani e giovani.

L'infermiera si è fermata davanti alla camera contrassegnata dai numeri 8 e 9 e ha detto: – Letto numero otto. Tra poco verremo a misurare la febbre.

– La febbre? Io non sono ammalata – ho detto.

– Ah, no? – ha sorriso l'infermiera. E ha aggiunto: – È la regola. Puoi cambiarti.

– Dammi la camicia da notte – ho detto a mia madre. – Qui dentro si soffoca.

Il letto vicino al mio era vuoto, e mi sono chiesta chi e quando sarebbe venuto ad occuparlo.

– Ecco, ho sistemato tutto nell'armadio e nel comodino – ha detto mia madre.

– Abbiamo dimenticato di portare dell'acqua – ho osservato quando ha infilato i bicchieri nel cassetto.

– Hai ragione. Ci sarà una macchina distributrice da qualche parte. Vuoi che vada a cercarla?

– Ci penso io più tardi. Adesso vai. Ci vediamo dopo pranzo.

Mia madre mi ha abbracciata e mi ha detto: – Spero che tu non ti senta troppo sola.

Quando mi sono affacciata nel corridoio, ho guardato a destra e a sinistra. Ho visto un bambino che aveva più o meno la mia età e un paio, di forse cinque anni, che si rincorrevano brandendo degli orsacchiotti di peluche.

Un anziano, con i capelli bianchi e profonde occhiaie, se ne stava a testa china davanti alla sua camera e una benda gli copriva interamente l'orecchio destro.

La donna di fronte alla mia stanza era invece a letto e leggeva un fotoromanzo.

Mi sono incamminata nel corridoio e sono andata verso i bambini.

Quello della mia età indossava una maglietta gialla e un pigiama a righe. Quando gli sono stata vicina, gli ho detto: – Ciao.

– Ciao – mi ha risposto in tono annoiato.

– Ti hanno già operato? – gli ho chiesto.

– No, mi operano domani.

– All'orecchio?

– Alla gola. Tonsille.

– Ah, be', roba da poco, allora.

– Da poco? Scherzi? Mi hanno detto che dopo l'operazione non potrò inghiottire nulla per molte ore e che avrò un dolore tremendo alla gola.

– Chi te l'ha detto?

– Un amico che ha già fatto questa operazione. E tu, perché sei ricoverata?

– Devono sistemarmi un orecchio. Come si passa il tempo in ospedale?

– Ci si annoia terribilmente. In fondo al corridoio c'è una saletta con un televisore. Ma un po' funziona e un po' no.

– Allora ho fatto bene a portarmi un libro da leggere.

I bambini che si rincorrevano con gli orsacchiotti di peluche me ne hanno lanciato uno addosso. Erano un maschio e una femmina, e la bambina mi ha detto: – Rilanciamelo.

Ho raccolto da terra l'orsacchiotto e gliel'ho messo in mano.

– Per fortuna li operano domani – ha detto una donna che è venuta a stringermi una mano e mi ha chiesto come mi chiamavo.

– Anche loro sono qui per le tonsille? – le ho chiesto.

– Sì. E spero che dopo l'anestesia non ci siano problemi. Sono la madre, e loro sono fratello e sorella. Gemelli.

DANIELA HA PAURA

Prima di pranzo, un'infermiera ha accompagnato nella mia stanza una bambina.

C'era sua madre con lei, e mi ha subito chiesto: – Sei la compagna di camera di Daniela?

– Sì – le ho risposto.

– Meno male. Daniela aveva paura di doverla dividere con un'adulta. Ecco, Daniela, hai visto? C'è una bambina con te. Come ti chiami?

– Valentina.

– Quanti anni hai?

– Quasi dieci e mezzo.

– Daniela ne ha nove.

Daniela, che aveva un viso triste e lo sguardo smarrito, mi ha chiesto: – Anche tu devi operarti?

– Naturalmente.

– E a cosa?

– A un orecchio. E tu?

– Al naso.

– Si è presa una pallonata in viso tre giorni fa – ha detto sua madre – e il setto nasale è rimasto deviato.

– Ti fa male? – ho chiesto a Daniela.

– Molto.

La madre di Daniela si è trattenuta solo pochi minuti.

– Ho altri quattro bambini dei quali occuparmi – ha detto. – Bisogna che vada. Ciao, Valentina. Farai buona compagnia a Daniela, vero?

– Ci proverò.

Uscita sua madre, Daniela si è seduta sul letto e ha incrociato le braccia. Aveva indossato un pigiama rosa e sembrava immersa in profondi pensieri.

Allora le ho chiesto: – Sei preoccupata?

– Ho paura, tanta paura – mi ha risposto.

– È normale. Anch'io ne ho.

– Non quanta ne ho io. Io sono terrorizzata. E credo che prima dell'intervento scapperò dall'ospedale.

– E a che ti servirebbe? Il tuo naso non guarirebbe.

– È vero che ti addormentano e che non senti niente mentre ti operano?

– Bisognerebbe chiedere a qualcuno che è già stato operato.

– Tu sembri molto coraggiosa.

– Mi sforzo di non pensarci. Davvero hai quattro fratelli?

– Sì, e sono tutti più piccoli di me. Uno è nato da poco e mia madre deve allattarlo. È per questo che è scappata via. Tu quanti fratelli hai?

– Uno.

– E com'è?

– Così così.
– I miei sono delle pesti. Per fortuna non possono venire a trovarmi in ospedale, sennò metterebbero in subbuglio tutto il reparto.

Poco dopo sono arrivate le cuoche.

– Ciao, ragazzine. Ecco la pappa – ci ha detto la più giovane, che aveva i capelli ricci e biondi.

E ha posato sul tavolino un vassoio per me e uno per Daniela.

– E chi ha fame? – ha detto Daniela sedendosi davanti al suo vassoio.

Anch'io non avevo molta fame e ho mangiucchiato solo un po' di pasta e di verdura.

Per lavarci i denti siamo andate in un bagno annesso alla camera.

– È tutto nostro? – mi ha chiesto Daniela.

– No, è anche mio – le ha risposto una donna, affacciandosi da una porta che metteva in comunicazione la sua camera con la nostra. – Mi chiamo Bettina – ha continuato. – Per qualunque necessità, rivolgetevi pure a me.

IO SCAPPO, IO SCAPPO!

Bettina è stata operata quattro giorni fa a un orecchio, e Daniela ha cominciato subito a tempestarla di domande.

– Hai sentito molto dolore mentre ti operavano?

– Non ho sentito assolutamente nulla.

– E quand'è che ti addormentano?

– Quando entri in sala operatoria sei già mezza addormentata, perché ti fanno una iniezione di preanestesia al momento di lasciare la camera.

Daniela è rabbrividita e ha detto: – Io odio le punture.

Io invece ho chiesto a Bettina: – E come si va in sala operatoria? Con la camicia da notte?

– No. Prima di farti sdraiare su un letto con le ruote ti fanno indossare un camice verde quasi trasparente. Te lo tolgono al momento di operarti.

– Può capitare che uno si svegli mentre lo stanno operando? – ha insistito Daniela.

– Non credo. Io mi sono svegliata subito dopo l'intervento. E anche gli altri del reparto. Altre domande?

– È vero che dopo si può vomitare?

– La sera prima ti danno poco da mangiare e dopo mezzanotte non puoi più bere acqua. Se ti attieni a queste disposizioni, non vomiti.

Daniela ha smesso di fare domande, è andata a coricarsi e ha chiuso gli occhi, come se volesse riflettere con calma sulle risposte di Bettina.

Io ho atteso che venisse mia madre e sono rimasta sorpresa quando l'ho vista arrivare tenendo Luca per mano.

Ho abbracciato mio fratello con trasporto, ma lui mi ha guardata come se non mi riconoscesse.

– Novità? – mi ha chiesto mia madre.

– Ho una compagna di camera. Si chiama Daniela.

– Tanti saluti da zia Elsa. Verrà a trovarti stasera. Hanno telefonato Ottilia e Tazio. Verranno anche loro. Perché non usciamo a passeggiare nel corridoio?

Nel corridoio abbiamo fatto su e giù per un quarto d'ora. Poi Luca ha detto: – Basta, sono stanco.

– Andate pure – ho detto a mia madre. – Sarai stanca anche tu.

– L'ospedale è lontano e il pullman ci impiega quasi un'ora ad arrivare. Stasera verremo con l'auto di tuo padre. Vuoi che ti porti qualcosa?

– Sì, dei biscotti per la colazione.

Andata via mia madre, Daniela mi ha proposto di vedere un po' di televisione. Ma quando siamo entrate nella saletta dov'era sistemato il televisore, c'erano tre uomini che guardavano una partita di pallone.

– Vorremmo vedere i cartoni animati – ha detto Daniela.

– Ripassate più tardi – le ha risposto uno dei tre senza guardarla.

– Che prepotenti! – ha esclamato Daniela quando siamo tornate nel corridoio.

– La mamma dei gemelli ha un piccolo televisore in camera – le ho detto. – Forse ci lascia vedere qualche programma con loro.

Ma i due gemelli stavano dormendo, la stanza era al buio e ce ne siamo tornate nella nostra camera.

– Che noia, che noia! – ha ripetuto Daniela.

– Vuoi che ti presti il mio libro?
– Non riuscirei a leggerlo.
– Ho anche un giornalino.
– Passamelo.

Daniela ha sfogliato il giornalino per meno di un minuto. Poi me lo ha riconsegnato dicendo: – Non ci riesco, non ci riesco.

Si è coricata, ha affondato la testa nel cuscino e ha borbottato: – Io scappo, io scappo!

UNA STORIA PER ADDORMENTARSI

La prima notte in ospedale non è stata tranquilla. Daniela non riusciva a prendere sonno, si alzava, andava in bagno, tornava, ci andava di nuovo.

– Sono troppo nervosa, sono troppo nervosa – ripeteva.

Anche a lei, nel corso del pomeriggio, avevano fatto alcuni esami.

– Sarete operate tutte e due dopodomani – ci ha detto il chirurgo che è venuto a visitarci. – Tu, Daniela, alle otto e mezza, e tu, Valentina, dopo le dieci.

– Dottore, io ho troppa paura – ha detto Daniela.

– Fidati di me. Dopodomani sera potrai già alzarti e girare per il reparto.

– Avrò il naso fasciato?

– Naturalmente.

– E rimarrà la cicatrice?

– Il tuo naso tornerà com'era prima. E tu, Valentina, non mi chiedi niente?

– Che cosa devo chiederle?

– Il tuo intervento sarà più delicato, ma andrà tutto bene, te lo garantisco.

Verso l'una mi sono svegliata e ho sentito Daniela piangere. Mi sono stropicciata gli occhi e le ho chiesto: – Cos'hai?

– Voglio andare a casa – mi ha risposto tra i singhiozzi.

– Hai sentito cosa ha detto il chirurgo?

– Lo ha detto per non spaventarmi.

– Ho sentito dire che è un medico molto bravo.

– Non me ne importa. Io non voglio più operarmi. Adesso suono il campanello e faccio venire l'infermiera.

– E cosa le dici?

– Le dico che me ne voglio andare.

– A quest'ora di notte? Ascolta, vuoi che ti legga una storia? Chiudi gli occhi. Magari riesci a prendere sonno.

Sono andata a prendere il libro di rac-

– Vuoi che ti legga una storia? Chiudi gli occhi.

conti che avevo nel cassetto del comodino, mi sono seduta accanto al cuscino di Daniela e ho acceso la luce più debole che c'era nella camera.

Daniela ha continuato a tirare su col naso nei primi cinque minuti. Poi i muscoli del suo viso si sono rilassati, e alla fine si è addormentata respirando rumorosamente con il naso.

Allora ho spento la luce e sono tornata nel mio letto. Mi sarebbe piaciuto che qualcuno leggesse anche a me un racconto a bassa voce. Invece sono rimasta sveglia a lungo, a guardare il cielo stellato dalla finestra.

UNA ROSA

Dopo pranzo, si è presentato in camera il poliziotto. Non aveva più la barba e non l'ho quasi riconosciuto.

– Perché si è tagliato la barba? – gli ho chiesto.

– Non me la sono tagliata. Me la sono tolta. Era una barba finta.

– Un travestimento, insomma.

– Proprio così. Tieni, questa scatola di cioccolatini è per te.

– Grazie. Come ha fatto a sapere che ero qui?

– Me lo ha detto tuo padre, quando gli ho telefonato per chiedergli di dare il via alla denuncia, come si fa in questi casi. Vedi che avevo ragione a volerti portare in ospedale? Quando ti operano?

– Domani.

– Non so se riesco a venire a trovarti di nuovo. Faccio dei turni massacranti che non mi lasciano molto tempo libero. Mi terrò informato, però. Ti piacciono i cioccolatini?

– Sì.

– Questi devono essere buonissimi. Sono quelli preferiti da mio figlio. E lui è uno che se ne intende.

Quando è andato via, ho detto a Daniela:
– Ci conviene mangiarne subito un po'. Da stasera ci mettono a digiuno.

Dopo cena sono venuti Tazio e Ottilia.
– Se non fossi uscita con tua cugina... – mi ha detto Ottilia.
– Lia non c'entra nulla. Doveva succedere ed è successo.
– Non fare la fatalista, Valentina. Qual è l'orecchio ferito?
– Il destro.
– E dopo, sentirai bene di nuovo?
– Il chirurgo dice di sì.
Ottilia si è messa a parlare con Daniela, ed è uscita con lei nel corridoio. Tazio invece è rimasto nella stanza, e sembrava imbarazzato nel vedermi in quella insolita tenuta che era la mia camicia da notte.
– Tu sei mai stato in ospedale? – gli ho chiesto.
– No, mai.
– Fortunato te.

– Sei preoccupata?
– Un po'. Ma mi fido del chirurgo.

Tazio si è deciso finalmente ad aprire un sacchetto di carta che aveva portato con lui, e ha tirato fuori una rosa un po' sgualcita, avvolta con il gambo nella carta stagnola.

– Ho pensato di portarti questa – mi ha detto offrendomi la rosa.

Io l'ho presa, l'ho annusata e gli ho detto: – Tienila un momento. Vado a riempire un bicchiere d'acqua.

Ho posato il bicchiere sul davanzale della finestra, e ci ho messo dentro la rosa.

– È deliziosa – ho detto.

– L'ho chiesta in regalo a un'amica di mia nonna. Ha un giardino e ne coltiva di parecchi tipi. Questa rossa mi è sembrata la più bella.

Ho chiuso la porta della camera, gli ho dato un bacio e gli ho detto: – Grazie.

Quando Daniela ha visto la rosa, mi ha subito chiesto: – Chi te l'ha data?

– Un amico.

– Vuoi dire quel ragazzo che è andato via con Ottilia?
– Sì.
– Deve essere uno che ti vuole bene.

CHI PRIMA ENTRA PRIMA ESCE, CHI PRIMA VA PRIMA TORNA

Stamattina, verso le sei e mezza è entrata l'infermiera per misurarci la febbre.
– Bambine, ci siamo! – ha detto con l'allegria di chi ti dà una bella notizia. – A chi tocca per prima?
– A me, purtroppo – ha risposto Daniela.
– Chi prima entra prima esce, chi prima va prima torna. È così semplice.
– Lo sarà per lei.
L'infermiera ha fatto una carezza a Da-

niela, e le ha detto: – Sono le parole con cui ho cercato di tirar su la mia bambina quando si è operata di tonsille.

– Non c'è ancora mia madre? – le ha chiesto Daniela.

– No.

– Se non c'è lei, io non mi opero.

– E tu, Valentina, non dici nulla? – mi ha chiesto l'infermiera.

– Sto aspettando anch'io mia madre.

– Ah, le madri, le madri! Ci sono sempre loro in queste occasioni. E i papà che fanno? Che bella rosa! Di chi è?

– È mia – le ho risposto.

– Bella, proprio bella. Su, mettete il termometro.

Alle sette e mezza la madre di Daniela non era ancora arrivata.

– Come mai non viene? Come mai non viene? – ripeteva Daniela.

– Sarà bloccata dal traffico – le ho detto. – O forse il tuo fratellino sta male.

– Anch'io sto male.

– Su, calmati. Vedrai che tra poco arriva.

Ma quando, mezz'ora dopo, si sono affacciate due infermiere che spingevano un letto con le ruote, la mamma di Daniela non era ancora arrivata. Sono entrate nella nostra camera e una ha detto a Daniela:
– Questo è per te.

E le ha dato un camice verde semitrasparente, che Daniela ha guardato con orrore.

– Non ci vengo, non ci vengo! Non c'è mia madre!

– Daniela, purtroppo non si può rimandare. Tua madre la troverai accanto al letto quando ti risvegli. Togli la giacca del pigiama e la maglietta e indossa questo, dai.

Daniela ha cercato di trattenere le lacrime, e io l'ho aiutata a indossare il camice.

L'infermiera le ha fatto un'iniezione e le ha detto: – Tra poco entri nel mondo dei sogni. E quando ti svegli, oplà!, è tutto finito e il tuo naso sarà tornato come prima.

– Non c'è bisogno che mi parli come a una bambina piccola – ha reagito Daniela.

Al momento di andar via, Daniela mi ha guardata con occhi imploranti. Allora ho chiesto alle infermiere: – Posso accompagnarla fino alla sala operatoria?

– Non so se la caposala lo permette.

– Per favore!

– Va bene, vieni. Ma poi torna subito al reparto, mi raccomando. Alle dieci tocca a te, lo sai.

Ho preso una mano di Daniela e ho seguito le infermiere fino all'ascensore.

Daniela era leggermente intontita, ma io ho continuato a stringerle la mano.

Quando siamo arrivate quasi all'ingresso delle sale operatorie, le ho detto: – Ciao, Daniela. Ci vediamo più tardi.

– Ne sei sicura? – mi ha chiesto con una voce stanca.

Quando è scomparsa dietro una porta a vetri, sono tornata piano piano al reparto.

Davanti alla camera c'era mia madre ad aspettarmi, e sono corsa a rifugiarmi tra le sue braccia.

UNA LUNGA NOTTE PRIMA DELL'ALBA

– Sei tranquilla, Valentina?
– Tu lo saresti, mamma?
– Non credo.
– Meno male che sei sincera.
– E la tua compagna di camera?
– È già andata. L'ho accompagnata io.
– Tu? E sua madre?
– Avrà avuto da fare.
– Ma non è possibile! Come si può mancare in un'occasione del genere?

Alla sua domanda ha risposto la madre di Daniela, che è entrata in camera come una furia gridando: – Dov'è la mia bambina? Dove l'avete portata?

– L'hanno già portata via, signora – le ho risposto.

– Perché non mi hanno aspettata?
– Hanno detto che non si poteva.
– Purtroppo il piccolo è stato male tutta

la notte e non mi lasciava andare. Fatemi sedere, se no crollo.

La mamma di Daniela si è seduta, e si è asciugata il sudore con un fazzoletto.

Mia madre e io ci siamo avvicinate alla finestra, e abbiamo osservato il traffico davanti all'entrata dell'ospedale: le ambulanze che arrivavano e partivano, i taxi che si staccavano dal lato opposto della strada, le auto che scaricavano parenti e ammalati.

Mia madre ha accarezzato i petali della rosa di Tazio e ha detto: – Tra poco le cambio l'acqua.

Quando sono venuti a prendere me, Daniela non era ancora tornata.

– E la mia amica? – ho chiesto alle infermiere.

– È già uscita. Tra poco la riportiamo in camera.

Mia madre mi ha accompagnata tenendomi una mano, e si è messa a raccontarmi di Luca, di papà, di zia Elsa... fino a quando ho chiuso gli occhi e il tempo si è fermato.

Quando li ho riaperti, ero sul mio letto, nella mia camera. E la prima cosa che ho visto è stata la rosa di Tazio.

– Ciao, Valentina, ben tornata – ha mormorato mia madre baciandomi sulla fronte.

– Mi fa male vicino al collo – ho biascicato.

– Il medico dice che è normale, e che presto ti passerà.

Poi ho sentito una voce sottile che diceva: – Come stai, Valentina?

Ho girato lentamente gli occhi, e ho visto Daniela con il naso fasciato.

– Sono sveglia da un pezzo – mi ha detto.

– Daniela, non parlare – le ha raccomandato sua madre.

– Anche tu, Valentina, non sforzarti – mi ha detto la mia.

– Si può bere? – le ho chiesto.

– Per qualche ora no.

Mi sono appisolata e mi sono svegliata verso le quattro. Ero lucida e avevo già voglia di muovermi.

– Quando potremo alzarci? – ho chiesto all'infermiera che era venuta per aiutarci a infilare la maglietta.

– Domani.

– Ma...

– Niente ma, Valentina. Stanotte tua madre starà con te e ti aiuterà in tutte le tue necessità.

– E io come faccio? – ha detto la madre di Daniela. – Ho il piccolo da accudire e da allattare.

– Non si preoccupi, ci penso io alla sua bambina – le ha detto mia madre.

– Oh, le sono davvero grata.

Daniela però si è imbronciata, e ha chiuso gli occhi.

La notte è passata tranquillamente. Mia madre ha aiutato sia me, sia Daniela a fare la pipì nella padella, e ci ha dato da bere. Ma non deve aver chiuso occhio durante tutta la notte. Quando mi svegliavo, la vedevo rigirarsi sulla sedia o passeggiare dalla porta alla finestra.

Solo verso l'alba l'ho vista seduta con la testa posata ai piedi del letto. Mi ha fatto molta tenerezza, e sono rimasta immobile per non svegliarla, mentre guardavo il cielo che imbiancava.

FESTA DI COMPLEANNO. UN GATTO NERO IN REPARTO

Prima di fare colazione sono andata in bagno con Daniela e, insieme, ci siamo guardate allo specchio.

– Mamma mia, sembriamo tornate da

una guerra! – ho esclamato. – Ma mi sento già meglio.

– Anch'io – ha detto Daniela. – E spero che mi tolgano presto questa fasciatura. Sembro un mostro.

– Se ci vedono i bambini piccoli, scommetto che si spaventano e scappano.

Quando ci hanno viste passeggiare nel corridoio, però, i bambini non sono affatto scappati. Anzi, ci consideravano buffe e ridevano.

Solo uno se ne stava ostinatamente nella sua camera e non usciva a giocare con gli altri. Era arrivato due giorni prima e sembrava l'immagine della tristezza.

Stamattina sua madre mi ha detto: – Domani compie sei anni e sarà un compleanno triste. Ci teneva tanto a festeggiarlo con i suoi amici.

Tornata nella mia camera, ho detto a Daniela: – Dobbiamo festeggiare il compleanno di Tino.

– E come?

Ho riflettuto intensamente, poi ho detto:
– Facciamo il giro di tutte le stanze e diciamolo agli altri ammalati. Penso che la maggior parte sarà d'accordo almeno nello scrivergli un bigliettino d'auguri e magari nel regalargli un pacco di biscotti.

In effetti tutti hanno accolto con entusiasmo la mia proposta, e mi hanno dato l'incarico di acquistare dei bigliettini dall'edicolante che sta nell'atrio dell'ospedale.

A comprare biscotti e caramelle ci avrebbero pensato loro, quando andavano a prendere caffè e cappuccini al bar.

Dopo cena, i bigliettini erano sul piano del mio comodino e i dolciumi erano accatastati nell'armadio di Daniela.

– Abbiamo fatto un buon lavoro – le ho detto prima di coricarci.

– Secondo me, domani Tino resta a bocca spalancata per un'ora. E chissà che non si decida a spiccicare la sua prima parola in ospedale.

Stamattina, tutti i ricoverati del reparto si sono affollati davanti alla stanza di Tino. Ciascuno dava il suo bigliettino e il suo pacchetto, e sul letto di Tino sembrava che avesse svuotato il suo sacco Babbo Natale.

Io ero accanto a Tino, e l'ho visto, più che sorpreso, spaventato. Era come se si sentisse assalito da tanti orsi buoni, e non sapeva dove posare gli occhi. Poi li ha concentrati sui biscotti, sulle caramelle e sulle scatoline di liquirizia, e si è leccato le labbra.

Infine si è deciso a guardare la folla che si assiepava intorno al suo letto e, dopo aver fissato sua madre, ha mormorato: – Lo sapete che oggi mi operano?

La sua domanda è rimasta sospesa nella stanza, e subito dopo è stata seguita da un lungo applauso.

Finito l'applauso, abbiamo sentito un miagolio.

Tino è saltato dal letto e ha spalancato gli occhi.

– Che succede? – mi ha chiesto Daniela.
– Ho sentito un miagolio.

– Anch'io... anch'io... anch'io... – hanno detto via via tutti i ricoverati.

A quel punto si sono fatti strada nel mucchio un uomo e una ragazza. Erano il padre e la sorella di Tino.

La ragazza stringeva al petto uno zaino, ma lo zaino si agitava tra le sue braccia.

Allora Tino ha urlato: – Ulisse!

E dallo zaino è balzato fuori un gatto nero, che dopo aver miagolato come un matto, è saltato sul letto di Tino ed è andato a infilarsi sotto le lenzuola.

– Ma come ti è venuta in mente una cosa del genere... – ha cominciato a dire la madre di Tino a sua figlia.

– È il suo compleanno. Volevo farglielo accarezzare per qualche minuto – ha risposto la ragazza, che doveva avere almeno tredici anni.

Il gatto, però, si è subito spaventato per il vocio della folla che premeva nella stanza. Allora è uscito da sotto le lenzuola e, facendosi strada tra una selva di gambe, è scappato nel corridoio.

Tino ha spinto da parte i ricoverati e lo ha rincorso.

– Ulisse, Ulisse, non scappare, vieni qui! – si è messo a gridare.

La caposala è arrivata con una penna e un taccuino in mano e ha chiesto: – Cos'è questo baccano?

– C'è un gatto, c'è un gatto! – si sono messi a strillare i bambini piccoli, correndo dietro a Ulisse.

– Un gatto!? Volete scherzare – ha detto la caposala.

– Guardi, adesso le spiego... – ho cercato di dirle.

Ma lei, quando ha visto Ulisse entrare e uscire dalle stanze, rincorso da Tino e dagli altri bambini, è impallidita e ha balbettato: – Bloccate quel gatto... Se lo vedono i medici, io corro il rischio di essere trasferita o licenziata.

Alla fine Ulisse è stato recuperato proprio da Tino, che lo ha riportato in camera come un trofeo e ha cominciato a mostrarlo a tutti. Anche alla caposala, che però si affannava a dire: – Portate via quel gatto... Portate via quel gatto... Finiremo sui giornali...

Dopo molte resistenze, Tino ha ceduto il gatto alla sorella, che si è affrettata a rimetterlo nello zaino e ad andare via col padre.

– Portalo di nuovo! – le ha gridato dietro Tino.

– Be', finalmente in reparto è successo qualcosa di diverso! – ha esclamato Bettina. – Hai avuto una bella idea, Valentina.

RITORNO A CASA

Oggi è stato il mio penultimo giorno in ospedale. E anche quello di Daniela.

– Ci scambiamo i numeri di telefono? – mi ha proposto.
– Certo.
– Tu dove abiti?
– In fondo a corso Giulio Cesare.
– Io dalle parti di Mirafiori.
– Siamo lontanissime, allora.
– Sì, ma possiamo vederci lo stesso qualche volta. Io posso venire a casa tua e tu puoi venire a casa mia.
– D'accordo.
– Sono stata fortunata a dividere la camera con te, Valentina.
– Anch'io.
– Io non ho fatto quasi niente per te.
– Non è vero. Mi hai raccontato le tue paure, mentre io me le tenevo dentro. Perciò è come se le avessi dette anche per me.

Stanotte non ho dormito quasi niente. Non vedevo l'ora che facesse giorno e ho continuato a rigirarmi nel letto.
Alle otto e mezza ero pronta. Quando

ho indossato il vestito col quale ero entrata in ospedale, non mi sono quasi riconosciuta.

Prima di andar via ho fatto il giro del reparto, e ho salutato quelli che restavano.

– Ciao, Valentina, auguri – mi dicevano tutti.

Tino sarebbe uscito il giorno dopo, e quando sono andata da lui gli ho chiesto:
– Dove sono i biscotti, le caramelle e gli altri dolciumi che ti abbiamo regalato?

– A casa – mi ha risposto. – Li mangio tutti quando esco.

– Salutami Ulisse. Lo sai che anch'io ho una gatta?

– Come si chiama?

– Alice.

Alle nove ho preso il mio zaino, ho dato la mano a mio padre e ho lasciato il reparto.

Davanti all'ospedale era parcheggiata la sua auto, e ci sono entrata come se mi accingessi a fare un viaggio. Un viaggio che

Volevo che la rosa durasse il più a lungo possibile…

mi avrebbe riportata a casa, nella mia camera, tra le mie cose.

Poi la vita avrebbe ripreso il suo corso, quello che conoscevo. Avrei rivisto Ottilia, sarei tornata a scuola, avrei giocato con Alice e mi sarei occupata di Sergio.

Ma prima di tutto avrei messo la rosa di Tazio in un vaso. Volevo che durasse il più a lungo possibile, come tutte le cose che mi sono più care.

Valentina e Alice

Arrivederci alla prossima avventura!

INDICE

Un botto e un grido 11
Chi sei? Chi siete? 17
È colpa mia, è colpa mia! 23
Una famiglia felice 28
Tu che bambina sei, Valentina? 34
«Buongiorno, signora.» «Signora?» 39
Tazio ha un'idea 44
Le foto! Le foto! 49
È finita… è finita, bambini 54
Adesso sì che è tutto normale! 60
Una cugina chiamata Lia 63
Una bambina che si annoia 69
I soldi di Lia 75
Pensieri prima di addormentarsi 81
Con l'acqua in gola 86
Una barca in balia della corrente 88
«Salve!» Il barcaiolo è infuriato 96
Il dottore racconta 101
Frugare nei cassetti degli altri 107

*Lasagne, crostata, budino,
crema, gelato…* 113
Un lavoro da serva? 121
Trappole per topi 125
Un barbone, una storia 130
Scappiamo, scappiamo! 134
*Nel posto sbagliato, al momento
sbagliato* 137
Una collana come ricordo 140
Una cugina per amica 147
Timpano, ossicini… 151
Orsacchiotti di peluche in corsia 154
Daniela ha paura 158
Io scappo, io scappo! 162
Una storia per addormentarsi 166
Una rosa 169
*Chi prima entra, prima esce,
chi prima va, prima torna* 173
Una lunga notte prima dell'alba 177
*Festa di compleanno. Un gatto
nero in reparto* 181
Ritorno a casa 187

I LIBRI DI VALENTINA

V come Valentina
La vita quotidiana di Valentina:
la sua amica del cuore e il
ragazzo che le piace, una gatta
randagia da salvare e una maestra
che insegna filastrocche inglesi...
e la scoperta di Internet!

**Un amico Internet
per Valentina**
Sulla rete Valentina trova un
nuovo amico, Jack. Ma c'è anche
un altro ragazzo con cui fa
amicizia: Tazio! Poi una cometa
misteriosa solcherà il cielo...

**In viaggio
con Valentina**
Valentina parte per la
Cornovaglia! Quante storie e
leggende, incontri e nuovi amici
in questa avventura ambientata
in un paese misterioso...

A scuola con Valentina
Una classe speciale, un maestro
speciale che racconta storie
meravigliose e difende sempre i
suoi alunni. Nella classe di
Valentina non ci si annoia mai!

Un mistero per Valentina
Valentina passa una settimana
fantastica a Zurigo con i
compagni di classe e il maestro.
Ma quanti misteri! Lettere
anonime, commissari, rapimenti e
riscatti... avventure mozzafiato!

La cugina di Valentina
La vita di Valentina si svolge
tranquilla: la classe, gli amici,
il maestro... poi però sua madre
perde la memoria e tutto cambia.
Ma con coraggio e amore in
famiglia tornerà la serenità.

Altri titoli di Valentina pubblicati nel Battello a Vapore:
Serie Arancio
Le fatiche di Valentina
Non arrenderti, Valentina!
Cosa sogni, Valentina?
Serie Rossa
Ciao, Valentina!

L'AUTORE

Angelo Petrosino

Care lettrici e cari lettori, ho pensato di parlarvi di me perché mi chiedete sempre di farlo quando vi incontro nelle scuole o nelle biblioteche. Sono sempre stato un bambino vivace e curioso. Non stavo mai in casa e mi arrampicavo sugli alberi, per guardare il mondo dall'alto. Era facile, perché abitavo in campagna. Poi un giorno ho lasciato il mio paese perché mio padre aveva trovato lavoro in Francia. Avevo dieci anni. Ho vissuto esperienze indimenticabili prima in Auvergne poi a Parigi. Tornato in Italia, ho dovuto imparare di nuovo l'italiano. Per questo oggi la lingua italiana è per me il patrimonio più prezioso: di ogni parola amo il suono, il significato, le immagini che evoca. Non pensavo che un giorno mi sarei trovato a insegnarla. All'inizio infatti ho studiato da perito chimico. Poi un giorno mi sono affacciato a un'aula di scuola elementare. Ero imbarazzato. «Come ci si comporta con i bambini?» mi sono chiesto. Poi ho ricordato che i momenti più belli della mia infanzia erano quando mio nonno mi raccontava storie. Così ho cominciato a leggere ai miei alunni. Da allora sono diventato "il maestro che racconta storie". Ma ho sempre ascoltato le storie, i desideri, i sogni dei bambini. Quante cose ho imparato! Poi ho iniziato a scrivere libri in cui i protagonisti erano proprio loro. Così è nato il personaggio di Valentina, curiosa, irrequieta, intelligente, capace di ascoltare le sue emozioni e con una gran voglia di vivere.

A proposito, mi piacerebbe sapere cosa ne pensate dei miei libri. Scrivetemi qui:

www.angelopetrosino.it

Prometto una risposta veloce e personale a tutti!

IL BATTELLO A VAPORE

**Serie arancio
a partire dai 9 anni**

1. Mino Milani, *Guglielmo e la moneta d'oro*
2. Christine Nöstlinger, *Diario segreto di Susi. Diario segreto di Paul*
3. Mira Lobe, *Il naso di Moritz*
4. Juan Muñoz Martín, *Fra Pierino e il suo ciuchino*
5. Eric Wilson, *Assassinio sul "Canadian-Express"*
6. Eveline Hasler, *Un sacco di nulla*
7. Hubert Monteilhet, *Di professione fantasma*
8. Carlo Collodi, *Pipì, lo scimmiottino color di rosa*
9. Alfredo Gómez Cerdá, *Apparve alla mia finestra*
10. Maria Gripe, *Ugo e Carolina*
11. Klaus-Peter Wolf, *Stefano e i dinosauri*
12. Ursula Moray Williams, *Spid, il ragno ballerino*
13. Anna Lavatelli, *Paola non è matta*
14. Terry Wardle, *Il problema più difficile del mondo*
15. Gemma Lienas, *La mia famiglia e l'angelo*
16. Angelo Petrosino, *Le fatiche di Valentina*
17. Jerome Fletcher, *La voce perduta di Alfreda*
18. Ken Whitmore, *Salta!!*
19. Dino Ticli, *Sette giorni a Piro Piro*
20. Ulf Stark, *Quando si ruppe la lavatrice*
21. Peter Härtling, *Che fine ha fatto Grigo?*
22. Roger Collinson, *Willy e il budino di semolino*
23. Hazel Townson, *Lettere da Montemorte*
24. Chiara Rapaccini, *La vendetta di Debbora (con due "b")*
25. Christine Nöstlinger, *La vera Susi*
26. Niklas Rådström, *Robert e l'uomo invisibile*
27. Angelo Petrosino, *Non arrenderti, Valentina!*
28. Roger Collinson, *Willy acchiappafantasmi e gli extraterrestri*
29. Sebastiano Ruiz Mignone, *Il ritorno del marchese di Carabas*
30. Phyllis R. Naylor, *Qualunque cosa per salvare un cane*
31. Ulf Stark, *Le scarpe magiche di Percy*
32. Ulf Stark, *Ulf, Percy e lo sceicco miliardario*
33. Anna Lavatelli, *Tutti per una*

IL BATTELLO A VAPORE

34. G. Quarzo - A. Vivarelli, *La coda degli autosauri*, Premio "Il Battello a Vapore" 1996
35. Renato Giovannoli, *Il mistero dell'Isola del Drago*
36. Roy Apps, *L'estate segreta di Daniel Lyons*
37. Gail Gauthier, *La mia vita tra gli alieni*
38. Roger Collinson, *Zainetto con diamanti cercasi*
39. Angelo Petrosino, *Cosa sogni, Valentina?*
40. Sally Warner, *Anni di cane*
41. Martha Freeman, *La mia mamma è una bomba!*
42. Carol Hughes, *Jack Black e la nave dei ladri*
43. Peter Härtling, *Con Clara siamo in sei*
44. Galila Ron-Feder, *Caro Me Stesso*
45. Monika Feth, *Ra-gazza ladra*
46. Dietlof Reiche, *Freddy. Vita avventurosa di un criceto*
47. Kathleen Karr, *La lunga marcia dei tacchini*
48. Alan Temperley, *Harry e la banda delle decrepite*
49. Simone Klages, *Il mio amico Emil*
50. Renato Giovannoli, *Quando eravamo cavalieri della Tavola Rotonda*
51. Louis Sachar, *Buchi nel deserto*
52. Luigi Garlando, *La vita è una bomba!*, Premio "Il Battello a Vapore" 2000

Serie arancio ORO

1. Renato Giovannoli, *I predoni del Santo Graal*, Premio "Il Battello a Vapore" 1995
2. Roger Collinson, *Rapite Lavinia!*
3. Peter Härtling, *La mia nonna*
4. Gary Paulsen, *La mia indimenticabile estate con Harris*
5. Katherine Paterson, *Un ponte per Terabithia*
6. Henrietta Branford, *Un cane al tempo degli uomini liberi*
7. Sjoerd Kuyper, *Robin e Dio*
8. Louis Sachar, *Buchi nel deserto*
9. Henrietta Branford, *Libertà per Lupo Bianco*

IL BATTELLO A VAPORE

**Serie rossa
a partire dai 12 anni**

1. Jan Terlouw, *Piotr*
2. Peter Dickinson,
   Il gigante di neve
3. Asun Balzola, *Il giubbotto di Indiana Jones*
4. Hannelore Valencak,
   Il tesoro del vecchio mulino
5. Tormod Haugen,
   In attesa della prossima estate
6. Miguel Ángel Mendo,
   Per un maledetto spot
7. Mira Lobe,
   La fidanzata del brigante
8. Lars Saabye Christensen,
   Herman
9. Bernardo Atxaga,
   Memorie di una mucca
10. Jan Terlouw,
    La lettera in codice
11. Mino Milani,
    L'ultimo lupo, Premio
    "Il Battello a Vapore"
    1993
12. Miguel Ángel Mendo,
    Un museo sinistro
13. Christine Nöstlinger,
    Scambio con l'inglese
14. Joan Manuel Gisbert,
    Il talismano dell'Adriatico
15. Maria Gripe, *Il mistero di Agnes Cecilia*
16. Aquilino Salvadore,
    Il fantasma dell'isola di casa, Premio
    "Il Battello a Vapore" 1994
17. Christine Nöstlinger,
    Furto a scuola
18. Loredana Frescura,
    Il segreto di Icaro
19. José Antonio del Cañizo,
    Muori, canaglia!
20. Emili Teixidor,
    Il delitto dell'Ipotenusa
21. Katherine Paterson,
    La grande Gilly Hopkins
22. Miguel Ángel Mendo,
    I morti stiano zitti!
23. Ghazi Abdel-Qadir,
    Mustafà nel paese delle meraviglie
24. Robbie Branscum,
    Il truce assassinio del cane di Bates
25. Karen Cushman,
    L'arduo apprendistato di Alice lo Scarafaggio
26. Joan Manuel Gisbert,
    Il mistero della donna meccanica
27. Katherine Paterson,
    Banditi e marionette
28. Dennis Covington,
    Lucius Lucertola
29. Renate Welsh,
    La casa tra gli alberi
30. Berlie Doherty,
    Le due vite di James il tuffatore
31. Anne Fine,
    Complotto in famiglia
32. Ferdinando Albertazzi,
    Doppio sgarro
33. Robert Cormier,
    Ma liberaci dal male

IL BATTELLO A VAPORE

34. Nicola Cinquetti,
    La mano nel cappello
35. Janice Marriott,
    Lettere segrete a Lesley
36. Michael Dorris,
    Vede oltre gli alberi
37. Robert Cormier, *Darcy, una storia di amicizia*
38. Gary Paulsen,
    La tenda dell'abominio
39. Peter Härtling,
    Porta senza casa
40. Angelo Petrosino,
    Ciao, Valentina!
41. Janice Marriott,
    Fuga di cervelli
42. Susan Gates,
    Lupo non perdona
43. Mario Sala Gallini,
    Tutta colpa delle nuvole
44. Alan Temperley,
    All'ombra del Pappagallo Nero
45. Nigel Hinton, *Buddy*
46. Nina Bawden,
    L'anno del maialino
47. Christian Jacq,
    Il ragazzo che sfidò Ramses il Grande

Serie rossa ORO

1. Katherine Paterson,
   Il segno del crisantemo
2. Susan E. Hinton,
   Il giovane Tex
3. Susan E. Hinton, *Ribelli*
4. Christian Jacq,
   Il ragazzo che sfidò Ramses il Grande
5. Paolo Lanzotti,
   Le parole magiche di Kengi il Pensieroso,
   Premio "Il Battello a Vapore" 1997
6. Pierdomenico Baccalario,
   La strada del guerriero,
   Premio "Il Battello a Vapore" 1998
7. Alberto Melis,
   Il segreto dello scrigno,
   Premio "Il Battello a Vapore" 1999